古玩人生

之八 閃亮登場

鬼徒／著

古玩人生之八 閃亮登場

目錄

第一章

偽祖母綠

祖母綠的顏色，的確是十分誘人。
自然界中，沒有一種天然顏色，
會令人的眼睛看著如此舒服。
看著手中的所謂祖母綠戒指，
鑲嵌著的祖母綠寶石，散發出一絲誘惑力。
只是，這樣的綠色，在賈似道的眼中，
卻綠得有些假，有些無所遁形。

不過，對於是不是「夜明珠」，以老王這樣的閱歷，自然是不會很肯定地去回答的，他很快就把話題給岔開了，對中年男子詢問道：「暫且不論這東西是不是『夜明珠』，我想問一下，你收藏這東西的時候，有沒有看過，在完全黑暗的環境下，不依靠其他燈光的照射，它還能不能發光？」

「當然是能的啦。」中年男子對於專家的鑒定，看上去還有些微詞，不過，對於老王的問話，也還算是回答得很肯定。

「如果是這樣的話，我建議你還是去做一下放射性檢測吧。」老王說道，「如果這東西不需要借助外界的能量就能夠散發出光芒來，那麼，它的成分中很可能存在著放射性物質。如果長期接觸的話，對人體是有害的。」

「放射性檢測？」中年男子聞言微微一愣。

「對，就是放射性檢測。」老王很肯定地說，「我們珠寶玉石的鑒定工作，很多都是需要依靠精密儀器的。今天因為是在鑒寶大會的現場，受到場地的局限，這邊的儀器大多都是比較簡單，所以，我還是建議你去檢測中心，做一次全面的檢測。」

至於放射性物質對人體的危害，卻不用老王詳細說明了。看到中年男子當即就變了臉色，就能夠體會得出來。

「那請問專家，你們能不能估測一下它的市場價格呢？」中年男子有些無奈地摸了摸自己的後腦勺，惹來大家比較善意的笑聲，先前聽到「放射性」三個字的時候，下意識地想要遠離「夜明珠」的態度，這會兒才算是有了些許改變。

「這個，我們也不好說。」老王有些猶豫著說了一句，「對於『夜明珠』的估價，我想，在珠寶玉石行業內，應該是沒有誰能準確估算出來的。」

反正，鑒定專家也有回答不出來的問題，即便是電視台在錄製節目，老王也不怕被別人笑話。相反，只要是稍微懂行一些的人，聽了老王這麼坦誠的話，說不定還能增加不少好感呢。

「不過，具體來說，首先就要看這東西有沒有放射性，對人體有沒有危害了。」老王轉而解釋道，「如果沒有害處的話，收藏著，夜晚的時候欣賞一下，也是很不錯的。雖然不一定就是所謂的『夜明珠』，卻肯定是沒有做過假的東西，確切地說，這個應該是屬於螢光石的一種了。只是，從你剛才的回答來看，不借助外界能量的啟動，就能夠散發出亮光來的螢光石，還是有很大的機率含有放射性物質的。」

像這種即便礦石專家也還沒有研究清楚的問題，老王也就是點到即止了。

雖然，在聽到老王的話之後，大部分的人心中都有著微微的失望之感。畢竟，「夜明珠」這樣的東西，太過於有吸引力了。只是，願望是美好的，現實卻是殘酷的。如果美好的東西對人體有害處的話，還是暫時遠離為好。

相反，像賈似道這樣，對於珠寶一行有一定瞭解的人，這會兒卻沒有什麼失望。「夜明珠」也好，翡翠、鑽石也罷，都不過是石頭而已，無非也就是特殊了一點。

倒是吳蕤在這個時候，還能想到自己是個主持人，對著攝影機的鏡頭，把自己對於「夜明珠」的理解做了一番解釋，最後還說了一句：「看來，美麗的珠寶，對於我們來說，有時候還是帶刺的，就像美麗的玫瑰一樣。大家以後一定要小心哦！」說著，她還露出了一個燦爛的笑容，頗有幾分俏皮的感覺。

賈似道瞥了她一眼，忽然覺得，眼前的吳蕤，倒是頗有幾分主持人的氣質了。聯想到紀嫣然所說的，該不是吳蕤本身的職業就是主持人吧？

不過，很快的，賈似道就否定了這個猜測。要是吳蕤是主持人的話，不管是在哪個電視節目中主持過，以賈似道對於臨海本地電視台的節目的瞭解來看，實在是太過陌生了。怎麼說，吳蕤和賈似道也算是「同居」過好長一段時間了吧？

要是在電視中看到過吳蕤的身影的話，賈似道斷然不可能一點印象都沒有。

正琢磨著呢，屋子門口的位置，竟然又一次熱鬧了起來。賈似道在鑒定席位這邊抬眼看去，又是一台攝影機，而且，在攝影機的鏡頭那邊，還有一位濃妝豔抹的年輕女子，打扮得頗為時髦。和先前進來的穿著樸素的中年男子，簡直就形成了一個鮮明的對比。用賈似道的話來說，這樣的女子，卸妝之前和卸妝之後，壓根兒就不會是同一個人。而在這位散發著淡淡的妖異氣質的女子邊上，同樣有著一位主持人。

太過於巧合的是，這位女主持人，賈似道也同樣是認識的。

莫非，今天所有的巧合都給湊到了一起？賈似道心裏琢磨著，該不會今天是什麼特殊的日子吧？

「大家好，我是這次古玩鑒寶大會的特邀主持人周莎。剛才，我找到了一位古玩收藏愛好者，他帶著前來做鑒定的青花瓷器，竟然是贗品，著實是讓我嚇了一跳。這次活動規定的每位主持人有三次選擇收藏愛好者的機會，我只剩下兩次了。所以，這一回，我選擇了自己比較喜歡的珠寶類，帶領過來的這一位愛好翡翠珠寶的女士，她手中用來做鑒定的珠寶，會是什麼樣的情況呢？究竟是不是真的呢？請大家拭目以待！」周莎說著，轉而對著邊上的年輕女子問道：「怎麼樣，王小姐，您對於自己的珠寶，有沒有信心？」

「當然是有信心的啦。」年輕而妖豔的女子，很自然得體地說了一句，美目流轉之間，似乎在展現著她的無窮魅力。

只不過，這樣的舉措在賈似道看來，實在是有點讓人作嘔的感覺。整個屋子裏的收藏愛好者，這會兒注意到攝影機鏡頭這邊的，恐怕，百分之七八十的人都在注意著主持人周莎吧？

至於其他一些人，則是女子。要是作為一個女子，此時看向這位鏡頭前的妖豔女子，至少可以對自己的容貌產生一絲淡淡的優越感。

「這次鑒定活動的主持人，還真是五花八門，讓人接二連三地驚喜呢。」賈似道兀自嘀咕了一句。

要說對於吳蕤，賈似道還沒有多少瞭解的話，對於眼前剛進來的周莎，賈似道卻可以肯定，對方不會是在某個行業裏非常出名的人。要不然，為什麼在藍山別墅那邊，周莎會穿著浴袍出現在賈似道的別墅門口呢？

讓賈似道心裏有些哭笑不得的是，在門口工作人員的指引下，眼前的周莎竟然帶著身邊的女子，走向了自己。莫非這位女子的手中，是拿著翡翠飾品？

說起來，對於一位女子而言，尤其是像周莎、吳蕤這樣的美麗女子而言，相對於瓷器、書畫之類的古玩，自然是珠寶玉石更加有吸引力了。什麼翡翠、紅寶石、鑽石，都可以讓一個女子欣喜若狂。

而且，現在這個年頭，在結婚的時候，有些女方會要求有鑽戒、金銀首飾之類的飾品，不管是不是對古玩一行有些瞭解的人，大多數都會對這些珠寶產生興趣。當然了，這其中是不是真正的興趣愛好，就不得而知了。就好比有不少女性，喜歡黃金、鑽石，卻不一定就知道極品翡翠的價值。

「這位專家，我帶過來的東西，是一枚祖母綠戒指，還請你幫忙鑒定一下。」王小姐在說話的時候，還特意撫了一下自己的長髮，那模樣和動作，看著是挺自然的，想來，王小姐在平時也沒少做這樣的動作吧？

不過，賈似道很自然的，就忽略了王小姐的舉動，轉而看向周莎。

儘管此時的周莎穿著一身比較職業化的服裝，卻更加展示出她的傲人身材。比如，在比較僵硬呆板的套裝上，多了一個漂亮的蝴蝶結，在口袋的邊沿上，有一些簡潔的紋飾，不多，卻給人很淡然的感覺，沒有職業套裝的沉悶。

再加上賈似道本身對於周莎穿著浴袍時的樣子還頗有些記憶，這會兒忽然看到周莎，一本正經卻又洋溢著一絲和善的微笑，站在自己的面前，不由得就是一愣。

真是沒出息啊！

此時此刻，也不知道除了賈似道之外，還有誰在心裏是這麼想的。眼前的王小姐？那邊雖然已經停止了拍攝，卻依舊拿著話筒的吳蕤？又或者是還站在周大叔的身邊，沒有坐到自己位置上的紀嫣然？還是周大叔、老王這些認識賈似道的人？

反正，賈似道在回過神來的時候，就感覺到自己的臉上微微有了幾分熱度。好在賈似道很快地就調整了過來，他看了一眼自己跟前的王小姐，很快地說了一句：「請把祖母綠戒指拿出來，讓我仔細看看。」

說話間，王小姐也知道，即便是在打扮上，她這會兒可以勝過周莎，但是在身材上，還是有著很大的差距的。聽到賈似道的詢問，她微微一笑，就從隨身攜帶著的包裹，取出了一枚祖母綠戒指來。

賈似道接了過來，拿在手上，微微一觸摸，眉頭就是一皺！

「怎麼樣？這枚戒指是真的祖母綠嗎？」周莎看上去，要比戒指的擁有者王小姐更加緊張。到了這會兒，賈似道也算是明白過來，這些主持人之間也是有著競爭的。而競爭的噱頭，就是所謂的對於古玩一行的瞭解。從周莎剛進來的時候，對攝影機鏡頭所說的話來看，想來，這些主持人在這次的古玩鑒寶大會上，可以有三次選擇收藏愛好者的機會，認準了自己所看到的古玩收藏品，做出自己的判斷之後，再帶著它們的擁有者，來到鑒定專家跟前進行鑒定。要是對了，則可以具備一定的優勢，要是錯了，無疑就是落後了。

而眼前的周莎，無疑在第一次做出判定的時候出現了錯誤。也難怪她在詢問的時候，聲音中帶著幾分緊張了。

也不知道吳蕤這一次帶人來鑒定「夜明珠」的時候，究竟是第幾次判斷了？

賈似道很奇怪，這會兒自己的內心裏，竟然會閃現出這樣的念頭。他轉而看了看眼前的周莎，微微一笑道：「王小姐，您的這枚祖母綠戒指，是從什麼地方收上來的？」

說起來，賈似道以前是見過祖母綠製作而成的飾品的。所謂的祖母綠，當它是形容一種礦石的時候，那麼，它就是綠寶石的一種，被人稱之為綠寶石之王。

畢竟，它的顏色，是和翡翠中的極品翡翠——帝王綠相當的。想想玻璃種帝王綠翡翠的那種綠到奪目、沁人心脾的顏色，就可以想像出祖母綠這樣的寶石，多麼富有感染力了。

所以，在翡翠一行的人中，也有不少人是把「祖母綠」三個字用來形容翡翠的顏色的。這麼一來，自然也就出現了許多行家，把「帝王綠翡翠」稱為「祖母綠翡翠」。其實，形容的都是同一種翡翠的顏色，無非就是稱呼不同罷了。

實際上，祖母綠是一種相當古老和貴重的寶石。與鑽石、紅寶石、藍寶石並稱為世界四大名寶石。並且，因其特有的綠色和獨特的魅力，以及神奇的傳說，深受西方人的青睞，近來也愈來愈受到國人的喜愛。

至於祖母綠礦石的產地，賈似道只記得首推哥倫比亞，要是一顆祖母綠的寶石，被確定為是哥倫比亞出產的，那麼，在同等品質的情況下，價格會虛高一些。

「這枚祖母綠的戒指，是我去年到新加坡那邊旅遊的時候買下來的。」王小姐猶豫了一下，還是解釋了一句：「當時，購買的時候還出具了證書，導遊小姐也說了，她帶領著我們前去的商店，是有著品質保障的。」

「那你為什麼今天還要拿它來做鑒定呢？」賈似道嘴角微微一翹，頗有些玩味地問了一句。今年以來，很多遊客在組團去東南亞新馬泰等地旅遊的時候，在一些黑心旅行團導遊的逼迫下，經常會被逼著買下一些打折的祖母綠珠寶。這種事情，電視裏都是曝光過的。不要說是臨海這樣的縣城電視台了，就是國家級電視台，都曾報導過。

「這個，還不是因為我的很多朋友都說了，像祖母綠這種高檔的珠寶，是很容易被人造假的。即便是商店裏買回來的，也不能就完全放心。所以，我準備趁這個鑒寶大會的機會，前來讓專家給鑒定一下。」王小姐回答道。抱有這樣的想法，在眾多前來鑒寶大會做鑒定的藏友中，也的確是很常見的情況。

賈似道點了點頭，說道：「好吧，我可以很肯定地說，這枚祖母綠戒指，在手感上是明顯存在著差異的，而且，這上面所謂的祖母綠顏色，雖然比較純正，分佈卻十分均勻，而且內中純淨，基本上沒什麼雜質……」

「這麼說來，這枚祖母綠戒指是真的嘍？」周莎搶著詢問了一句，「可是，你第一句說的手感不對，又是怎麼回事呢？」看上去，對於東西是真是假，她的表情顯得很興奮，卻又流露出幾分擔心。就連旁邊的王小姐，這會兒臉上也露出了疑惑的表情。

「我可沒有說這東西是真的。」賈似道聳了聳肩說道，還攤了攤雙手。即便對著攝影機的鏡頭，賈似道的表情也沒有什麼特別的變化。

「那個，專家，你不是說這祖母綠的顏色很純正嗎？這不就是說，東西是真的？」周莎頗有點刨根問底的架勢。忽然，她左手拿著話筒，右手一指賈似道，驚訝地說了一句：「是你？」

隨即，她很快地就意識到，這會兒可是還在採訪的拍攝中，她的表現實在是有些失態了，她當即就很迅速地恢復了過來，除了邊上的王小姐之外，因為大家這會兒都在關注和等待著賈似道的解釋，倒也沒有多少人會注意到周莎的異樣。

只是，賈似道這會兒就有點兒鬱悶了，難道周莎到了這會兒，才認出他來嗎？這樣的話，自己的長相，也實在是太普通了一些吧？

賈似道摸了摸自己的鼻子，大有深意地看了周莎一眼，只是見到她的臉上泛起了一圈紅暈，似乎連脖子根都有些紅了。那剔透的肌膚，這會兒看著，卻倍顯誘惑。

賈似道重新拾起了「祖母綠」戒指，放在手裏掂量了一下。心裏一琢磨，剛才他所說的話，還真是沒說錯。

祖母綠的顏色，的確是十分誘人，有些人也曾用菠菜綠、蔥心綠、嫩樹芽綠來形容它，但是，都無法準確地描述出它的真實觀感來。祖母綠，綠中帶了點兒黃，又似乎帶了點兒藍，就連光譜都好像缺失了一點波長。在自然界中，沒有一種天然顏色，會令人的眼睛看著如此舒服。

每當人們目不轉睛地注視著嫩綠的草坪和樹葉的時候，那種賞心悅目的感覺，就可以明白綠色的美妙之處。但是，與祖母綠的色澤相比起來，先前的這種綠到極致的感覺，就要顯得遜色許多了。所以，祖母綠也是能使人百看不厭的寶石之一。

無論陰天還是晴天，無論是在人工的光源之下，還是在自然的光源下，祖母綠總是散發出柔和而濃豔的光芒來。

但是，很顯然，要是作為天然礦石的話，祖母綠的內部，如果一味是純淨的顏色，卻也實在是太假了。除非是遇到了那種千百年難得一遇的祖母綠中的精品。

只是這樣的情況，這樣的機率，又有多少呢？

賈似道心裏已經有了肯定的答案，但是，如果就這麼說出來，卻又顯得太過隨意了一些。

看著手中的所謂祖母綠戒指，整個戒托是用白金打造的，其中鑲嵌著的祖母綠寶石，隱隱散發出一絲誘惑力。只是，這樣的綠色，在賈似道的目光之中，卻綠得有些假，有些無所遁形。

雖然，賈似道在心裏有些感慨鑒定祖母綠這樣的寶石，並不是十分容易處理，但是，歸根結底，他還是感到幾分僥倖的。很慶幸，眼前的這位王小姐，不是送來其他一些他壓根兒就不瞭解的東西，要不然的話，他恐怕就要出個更大的醜了。

仔細地回憶了一下，賈似道隱隱記得，對於祖母綠這種寶石的鑒別方法有很多，像是用切爾西濾色鏡、重液法、用碗盛水觀測、用火盆等等，但是，如果僅僅是光靠肉眼來判定的話，還是不大好鑒別的。

原先還在那邊解說著「夜明珠」的老王、周富貴等人，都來到了自己這邊，賈似道簡單地說了一些祖母綠的特點之後，才開始對於眼前這枚祖母綠戒指進行鑒定。什麼樣的科學方式，可以很容易就分辨出東西的真假啦，什麼樣的觸感，可以有很好的分辨效果啦等等。聽得邊上的幾個專家都是頻頻點頭。像周莎這樣不明所以的人，還以為賈似道就是專門鑒定祖母綠的專家呢。

當然了，或許王小姐這樣的人，心裏更是會以為，專家都是無所不能的。就好比賈似道，這會兒在王小姐的眼中，除去能鑒定祖母綠之外，什麼翡翠、鑽石之類的，應該都能夠鑒定出來。說不定，如果王小姐包裏還藏有什麼瓷器的玩意兒，也能一股腦兒地拿出來，請賈似道來鑒定一番呢。

「對了，專家，你剛才所說的鑒定祖母綠戒指真偽的方式，現在都不太好操作，那我們是不是需要等到把東西送到你說的檢測中心去，才能知道檢測的結果呢？」周莎對著攝影機的鏡頭詢問了一句，隨後就把期待的眼光看向賈似道，手中的話筒更是適時地送到賈似道的面前。

「這個……」賈似道一琢磨，還真是這麼一回事，總不能說，自己可以憑藉著感覺就判斷出來吧？

賈似道微微一猶豫，王小姐的心頭卻再度泛起了幾分希望，賈似道只能解說道：「其實，我們以前就遇到過很多像王小姐這樣的情況，進了旅行團，導遊小姐的手段可是很多的。慣用的伎倆，就是要求遊客們全部下車，帶他們到當地的珠寶店購買珠寶，如果執意不買，導遊還會對你發火，刺激你說什麼沒錢還敢出國旅遊之類的話，一邊是別人的冷言冷語，一邊又是在打折的誘惑下，自然也就有很多人為了所謂的面子，掏錢買了這些假貨回來。」

「聽專家你這麼一說，我倒是覺得，還真是有這樣的可能。」王小姐說道，「去新加坡的時候，導遊就經常帶我們去購買東西。」

「是啊。」賈似道點了點頭回道。

賈似道看了王小姐一眼，只有這一回，他才忽然覺得，其實像王小姐這樣的長相，大凡是身材還不錯的，只要不化妝化得很妖豔，並且是濃妝，其實還是挺漂亮的。

「不過，這樣的陷阱可不僅僅局限於祖母綠。」賈似道說著說著，發現自己有些岔開話題了，轉而繼續指了指手中的祖母綠戒指，說道：「對於這東西的真假，還有一個比較簡單的鑒定方法。因為祖母綠的硬度比較大，能在水晶硬度標準片上劃出一些傷痕來，而仿製的玻璃則不能。我猜測，你的這枚戒指，上面鑲嵌著的祖母綠寶石，就是用玻璃製作而成的。」

「玻璃？」王小姐一愣。

「是啊。只要拿來水晶標準片，輕輕一劃，就可以判斷出來了……」

賈似道點了點頭，不過，這會兒可是在古玩鑒寶活動的現場，一時間找不到水晶片，也找不到能夠分析出祖母綠特色的切爾西濾色鏡，問題似乎難以解決。

忽然，賈似道腦海中靈光一閃，說道：「當然了，這會兒我的手上並沒有水晶標準片，也不好直接就來做試驗。但是，如果這玩意兒是玻璃的話，卻可以用舌頭舔一下，看看有沒有祖母綠寶石應該有的涼意，要是有的話，則應該繼續用其他更加科學和精密的判斷方法去鑒定。要是沒有的話，可以仔細辨別一下，究竟是不是有種溫熱的感覺，因為只有綠色玻璃，才會有這樣的導熱度。」

說著，賈似道就把拿在手上的祖母綠戒指，遞還給了王小姐。

人家用來戴在手上的戒指，又是在大庭廣眾之下，這樣的鑒定方式，賈似道自然不方便親自去做了。反正，這個方法是很簡單的。賈似道把戒指遞還給王小姐之後，王小姐本人就可以判斷得出來。

拿出餐巾紙，王小姐在祖母綠戒指上使勁地擦了擦，抿了抿嘴，微微一猶豫，正在琢磨著該不該用自己的舌頭去舔一下的時候，邊上的周莎卻很好奇地看著王小姐，那樣子，在賈似道看來，還真有點要是王小姐自己不試一試的話，周莎就會搶先一步去試的感覺了。

其他的收藏愛好者，這會兒也都直愣愣地看著王小姐。對於賈似道也好，其他專家也罷，介紹得太過專業的鑒定方式，他們這些人並不會太過熱衷。畢竟，鑒定是需要一定的眼力的，或者需要很強的儀器操作能力，這些都是普通的收藏愛好者不具備的條件。

但要是有一些偏門的方式，比如直接把翡翠飾品對著陽光來看其通透性，輕輕地敲擊一下聽取聲音，又或者像現在這樣，用自己的舌頭去觸碰一下飾品，感受一下溫度，這些方法卻是大受收藏愛好者的歡迎的。

一時間，不光是周莎，就是其他原本排隊等待著的收藏愛好者，也頗有點躍躍欲試的感覺。

「小賈，看來，你看過的書還真是不少啊。」周大叔這會兒在邊上，輕輕地贊了賈似道一句。

書上就有介紹，可以根據玻璃和祖母綠的導熱度不同，舌舔綠色玻璃有溫感，而舌舔祖母綠則有長時間的涼感。

這樣的方式簡單是簡單了，但是，在大型的珠寶店裏，很少有人會選擇去使用罷了。

不衛生，是一個方面，但是，不雅才是最大的原因吧？

當一個女子，當眾做出用舌尖舔珠寶的舉動，也著實是需要一些勇氣的。

最終，對於自己的東西真假的懷疑，還是戰勝了所謂的面子，王小姐伸出舌尖，在祖母綠寶石上輕輕地舔了一下，又飛快地就縮了回去。隨後她露出了一絲怪異的神情，好像對於剛才的舉措並沒有很好的感受一樣，又繼續伸出舌尖舔舐著，這才閉上了嘴，把祖母綠戒指拿到眼前，仔細地打量了一下，有些苦笑地說道：「還真是如專家所說的一樣，那感覺很像是玻璃！」

一時間，賈似道有些緊張的心情，總算是徹底平復了下來。

第二章

古代銅錢

賈似道來回把玩著手上的銅錢，
放到鼻子前聞一聞，像精通古代錢幣行家一樣，
把銅錢湊到耳邊，用手輕輕地彈了一下，
放到嘴邊吹一口氣，再聽一聽聲音。
無奈的是，新手終究還是新手，
即便動作都做到位了，
賈似道也聽不出個所以然來。

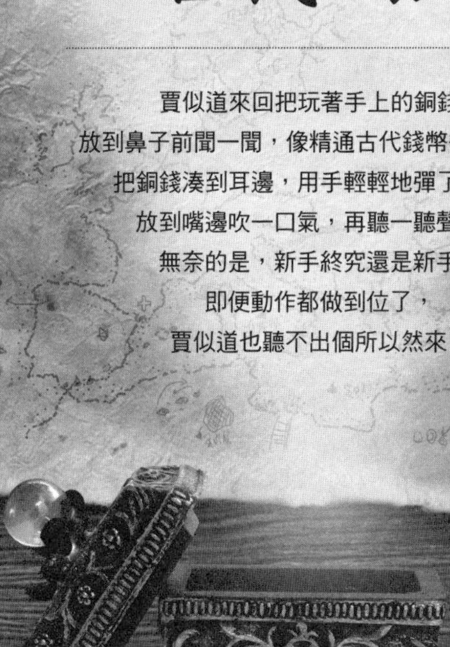

只有周莎，這會兒臉上的神情，明顯地有了幾分失望。這祖母綠戒指的真偽是鑒定出來了，但是，她的第二次選擇，卻又一次出錯了。三次機會，就這麼浪費了兩回。暫時的，賈似道還不知道，這些十來個主持人之間的比試，究竟會是什麼樣的結果，但是，周莎的臉上隱隱浮現出了有壓力的感覺，卻清晰可見。

當然，當攝影機的鏡頭對準周莎的時候，周莎的神情很快就恢復到一副輕快的樣子，說道：

「真是沒有想到啊，如此簡單的方式，就能鑒定出價值上萬，甚至十幾萬的祖母綠戒指來，可見，古玩收藏這一行，也不是這麼不可捉摸的。哪怕東西再貴，也有著一定的鑒定方式。要是我們掌握這些鑒定方式了，那麼，東西的真假也就逃不出我們的判斷了。只不過，我這第二回選擇的珠寶的判斷，又一次失誤了。接下來，我可是要好好地琢磨一下，這第三次出手，可不能再出錯了啊。俗話說，事不過三，大家就祝我好運吧。」

這番話一說完，攝影機的鏡頭，就關了起來。

到了這個時候，周莎才對著賈似道曖昧一笑，輕聲說道：「看不出來，你鑒定起珠寶來，還有模有樣的嘛……」似乎那話裏的意思是，她已經知道，當初那個夜晚，賈似道的說辭是在騙她。

對此，賈似道也只能苦笑一下，什麼也不說了。

對於周莎的為人，說到底，賈似道的內心裏，著實還有著幾分不喜。不過，正當賈似道琢磨著，自己的鴕鳥措施應該可以避免不必要的麻煩時，一直在打量著這邊情況的吳蕤也走了過來，對賈似道招呼了一聲。

當周莎和吳蕤的目光交匯在一起的時候，有那麼一瞬間，賈似道感覺到，是不是因為周莎的出現，並且和自己小聲交談了，吳蕤才會特意走過來和自己打招呼呢？不然的話，賈似道和吳蕤一起居住在一個三居室裏的時候，吳蕤可是從來不主動和賈似道說話的。

當然了，在隨後的時間裏，紀嫣然也走到了賈似道身邊，很自然地贊了一句，他剛才的表現不錯的話。賈似道感覺到，在她風輕雲淡的表情下，有著一點火藥味。

整個屋子裏，也可以說是整個古玩鑒寶大會活動現場裏最為出色的三個女子，都站到了一起，還分為三個方向，把賈似道夾在中間的位置，賈似道也不知道是該高興，還是該鬱悶。

尤其是看到屋子裏的眾多藏友，此時看向自己的目光分外豔羨，賈似道就感覺到有點心虛。

好在，讓賈似道感覺到比較尷尬的時間，很快就過去了。周莎需要繼續去廣場上尋找她的第三次出手的機會，吳蕤自然也不會放著自己的工作不做，特意在這邊和周莎、紀嫣然大眼瞪小眼地互相打量、比拚；至於紀嫣然，她輕盈地一個轉身，就回到了自己的座位上，似乎剛才的一切，都只是賈似道的一個錯覺一樣。

中午的時候，因為下午還需要繼續鑒定珠寶玉石的工作，賈似道和紀嫣然、周大叔等人一起，在靠近古玩街的一個餐館裏，隨意地吃了一些東西，就算是將就著過去了。整個的餐廳，都已經被主辦方給包了下來。瓷器一類的同行專家坐在一起，湊成一桌，賈似道這邊，大多熟識的人湊到了一起。整個場面，也還算是熱鬧。

唯一讓賈似道感到有些無奈的是，似乎從周莎、吳蕤離開之後，紀嫣然就有些恢復到原先一貫的清冷態度了，讓他感覺到有些不能去接近。尤其是，在紀嫣然的絕美容顏下，這樣的清冷態度，更是讓人無從適應。有時候，連賈似道都感覺到，紀嫣然對於任何人而言，都是高不可攀的。

「小賈，上午的那兩個女主持人，你都認識？」周大叔倒是和賈似道聊得很開心。

「是啊。」賈似道只是點了點頭。至於認識那兩個女子的原因，卻沒有說出口：「對了，周大叔，你知道，這次電視台搞的這個主持人之間的比試，究竟是什麼原因？而且，還規定了每一個主持人，都有三次自己選擇鑒定古玩的機會，該不會沒有一點名堂吧？」

「你為什麼不去問問她呢？」周大叔抬眼示意了一下紀嫣然所在的位置，眼神中還頗有幾分曖昧和打趣的意思。

「你看她現在的樣子，我這個時候過去打攪適合嗎？」賈似道無奈地聳了聳肩膀，還微微地搖著頭，歎了口氣。說起來，他和紀嫣然之間的關係，說是男女之間的追求吧，有些過了。但要說僅僅是普通朋友吧，似乎也不太對勁兒。

賈似道不由得深呼吸了一下，不再去想這件事。此時，他的腦海裏自然而然地就閃現過李詩韻的身影。好在，我還有李姐。

賈似道這樣想著，一瞬間，心情倒是舒坦了許多，嘴角也微微流露出了幾分笑意。結果，正是這麼一個淡淡的微笑，忽然他就見到了紀嫣然正從那邊看過來，那詫異的目光，頓時就讓賈似道的溫暖笑容消失得無影無蹤了。賈似道的心裏只能苦笑一下，示意了一下，算是打了個招呼。

邊上的周大叔，卻催促了賈似道一句：「當然適合了。小賈，聽大叔的，尤其是在這樣的時候，是最適合不過的時機了。只要你過去問了，我想，嫣然那丫頭也是不會對你不理不睬的。不過，動作要快啊。還有，儘量說些風花雪月的事情……」

「沒個正經！」賈似道暗自嘀咕一句。不過，他的身子卻有些不由自主地走到了紀嫣然的邊上。還沒坐下呢，紀嫣然就白了賈似道一眼，問道：「剛才笑什麼呢？」

「呃，想到了一些開心的事情唄。」賈似道有些無語，答了一句，說道：「別看早上我還挺悠閒的，但是，著實是有些累人。這不，趁著午休的時間，我就琢磨些高興的事情，解解乏。」

「我看吶，你肯定是在想著你上電視的事情。」紀嫣然淡淡地笑了一下。不得不說，女人，尤其是美麗的女人，有時候直覺真的是非常準確的。好在紀嫣然也沒有就這個問題繼續下去，轉而詢問起來：「早上的那兩個女主持人，你都認識？」

「是啊！」只要是明眼人，都能看得出來。不過，賈似道卻有些後知後覺的，很好奇地問了一句：「什麼叫我也認識啊！」這個「也」字，著著實實加了一些重音：「莫不是，你也認識？」

「你說呢？」紀嫣然有些好笑地看著賈似道，見到賈似道有些茫然的神情，她不禁「噗哧」一笑，自覺地說出來：「你可別忘記了，我也是組織者之一哦！」最後那一句話，說話間有些俏皮的模樣，讓賈似道恨不得在紀嫣然的臉上親上一口。

當然，賈似道也只敢在心裏這麼想一想，不會付諸行動。不說這會兒是在許多人的注視之下，就是紀嫣然在賈似道心中的形象，也是那種非常高雅的女子，只可遠觀不可褻玩。

要不是這樣的話，賈似道也不會對紀嫣然偶爾流露出來的俏皮或者可愛的神情心旌神搖了。

「那你知道，電視台找來這麼多主持人，最終是什麼打算嗎？如果說，僅僅是為了提高收視率的話，我想，電視台這樣的舉措，無疑是成功了。」賈似道說著，還不由自主地低下了頭，不太敢在這個時候去和紀嫣然對視。在心裏，賈似道還會肆意地想像著，是不是紀嫣然故意在這個時候，向自己展現從未顯露過的魅力呢？

「畢竟，像我這樣不太懂得電視台節目操作程序的人，幾乎都可以明白過來。這幾個主持人中，各行各業的人都有，但是，同樣的，這其中也還有幾位並不太出名的名人。」賈似道琢磨著說道，「莫不是，電視台的目的，是想要培養新的主持人吧？」

「都能看出這一點了，你還說你自己不懂電視台的節目運作？」紀嫣然沒好氣地剜了賈似道一眼。對於賈似道避而不見的目光，紀嫣然也是有些哭笑不得，訕訕地想要打賈似道一下，卻又感覺到這樣的舉動實在是太過曖昧了，只能憤憤地作罷，轉而解釋道：「其實，我也不是很清楚電視台那邊的打算。不過，這一次的古玩鑒寶活動，電視台那邊的確是盡力宣傳，花了不少心思。還想出了現在這樣的形式，讓不同行業的人，以半專業的眼光來看待古玩收藏一行，向人們揭示古玩行中的一些規則。」

要不是這樣的話，以電視台的能量，大可以找幾個懂行的人前來主持。這麼一來，但凡送到專家面前鑒定的東西，但凡拍攝到電視節目中的古玩，絕大多數都應該是真東西了吧。

但是，這樣做出來的電視節目，無疑也就是那些稍微懂得一些古玩的人，才會在電視機面前守著、等著收看了。而現在這樣的舉措，由教師、企業家來客串主持人，無疑會讓整個節目製作得更加有看點。

「說得也是。」賈似道附和了一句，「不過，我認為，電視台那邊，這麼賣力的舉措，想來也不會是僅僅局限於這一次的古玩鑒寶大會活動。或者，還可以為下一次的鑒寶大會、賞寶大會之類的活動預熱呢。」

只要把觀眾對古玩一行的興趣調動起來，電視台那邊再錄製一些同類節目，自然是皆大歡喜。

「咯咯咯！」紀嫣然抿嘴一笑：「還等什麼下一次古玩鑒寶大會啊，臨海這個地方，因為地理位置的關係，城市又太小，一天到晚發生的可以報導的事情本來就不多，好不容易有個古玩街集市，最近一些地方台，都是靠著古玩收藏類的節目，逐漸拉高了收視率，所以，電視台心動了唄。我估計，只要這一次的古玩鑑寶活動的電視節目收視率還不錯的話，電視台那邊緊接著就會製作一系列古玩收藏類的電視節目。」

賈似道聞言，不由得眼睛一亮。

倒不是說，賈似道對於這樣的電視節目很期待，實在是因為，賈似道的翡翠店鋪正愁沒有什麼好的宣傳機會呢。一旦電視台那邊準備大力推出古玩收藏類電視節目的話，那麼，賈似道店裏的翡翠飾品，在整個臨海地區，除去楊啟的「天啟珠寶公司」之外，就沒有什麼其他有實力的對手了。想要做一個以「綠肥紅瘦」翡翠店鋪為主題的電視節目，應該也不算太難。

這樣的機會，可要比賈似道單純以高品質翡翠飾品來打開翡翠市場，要容易得多。再好的東西，也要有口碑和適當的宣傳不是？

尤其是現今這個資訊爆炸的年代，要是不懂得宣傳的話，賈似道的翡翠店鋪想要形成一定的名氣，是需要一年的積累，還是三五年的積累？

賈似道和紀嫣然等專家們，中午的時候還可以很閒適地吃一頓飯，甚至還能小小休息一會兒，而廣場上的那些工作人員，則都是吃便當。至於帶著東西過來鑒定的廣大收藏愛好者，則依舊是排著隊，等待領取號牌，以便下午能儘早輪到自己去做鑒定。

所以，賈似道和紀嫣然等人也沒能休息太久，很快就開始了新一輪的工作。大致的分工，還是和早上的時候一樣，而周莎和吳蕤兩個人，再也沒有進入過珠寶玉石鑒定組所在的這個屋子。倒是有個女教師，竟然是紀嫣然的同事，是台州學院那邊的講師，這會兒客串主持人的角色，領著藏友進入到雜項組那邊做鑒定。讓賈似道很懷疑，是不是女教師都是古玩收藏愛好者了呢？

鑒定完畢之後，那位女教師才走過來和紀嫣然打了個招呼，說了一會兒話。從她的臉上，賈似道絲毫看不到對鑒定結果的那份擔心，或者是欣喜。

如此一來，對於早上時周莎臉上片刻間出現的那種想要證明自己在古玩鑒定上的眼力的神情，賈似道就倍加懷疑起來。中午和紀嫣然談話的時候，賈似道也不好詢問得太過清楚了。說不定，對於電視台那邊的事情，紀嫣然也只是知道個大概而已。

搖了搖頭，賈似道把心中的懷疑給放到一邊，開始如周莎所說的那樣，有模有樣地鑒定起來。

這個過程中，因為其他專家的鑑定工作比較繁忙，賈似道甚至也客串了一下奇石類的鑑定專家，倒也沒有出現什麼大失誤，無非是，實在有幾件東西說不太清楚，看不太準，賈似道直接就把藏友給領到周大叔那邊去了。

而在翡翠一類中，賈似道更是難得地遇到了一位賭石愛好者，拿過來做鑑定的，是一小塊翡翠原石，只不過是開了窗口的。賈似道看了一下，感覺這個視窗所開的位置很巧妙。在沒有用特殊感知能力的情況下，只能建議對方，把風險降到最低。畢竟，翡翠原石這種東西，在鑑定大會上出現，可不同於一般古玩。

不管賈似道說出什麼樣的建議來，能漲，或者會切垮，如果藏友按照賈似道的意見來執行的話，出來的效果要是不對頭，賈似道也會感到事情有些棘手。還不如乾脆不去做深入的鑑定，以客套話為主，做些表面上的工夫呢。

等到晚上，整個古玩鑑寶大會的活動結束了，賈似道回到別墅之後，舒舒服服地洗了個熱水澡，也不做其他事情，直接就守到電視機的面前，等待著錄製的節目播出。在臨別的時候，紀嫣然可是告訴過賈似道，晚上的新聞裏肯定會出現鑑寶大會上的報導，此外，有沒有專題節目播出，就不是很清楚了。

但是，賈似道這邊，還沒有守到古玩鑒寶大會的專題節目呢，阿三就打了個電話過來，直接了當地說：「小賈，臨海的古玩街這邊，可就要紅起來了啊。你前些陣子選擇在古玩街這邊開翡翠店鋪，還真是選的好時機啊！說起來，有時候想想，我都有些嫉妒你小子的運氣了。」

「阿三啊，你怎麼知道古玩街那邊的生意會紅起來？」賈似道有些好奇地問了一句，「該不會是因為今天的古玩鑒寶活動吧？」

仔細一琢磨，賈似道卻不覺得會是這樣的理由。以前，臨海地區並不是沒有舉辦過類似的鑒定或賞寶活動。可是，古玩街那邊，不是一直都是這樣而已嗎？並沒有什麼特別大的改變。

「和今天的古玩鑒寶大會，自然是有一定關係的了。」阿三在電話那邊笑著說，「對了，今天你可是作為鑒定專家出席的呢，怎麼樣，感觸深不深啊？要知道，連我這樣在古玩一行的有為青年，都沒有機會去現場當專家呢。」

「你就使勁笑我吧。」賈似道沒好氣地說了一句。以阿三的人際關係，要是他想要去參與古玩鑒寶大會的話，估計，紀嫣然這些組織者也不會駁了他的面子。阿三沒有去，只能說阿三自己的興趣不在古玩鑒寶大會上。說不定，還有幾分紀嫣然的因素在裏面呢。

「不過，今天的古玩鑒寶大會，著實是讓我大開眼界。」賈似道說了一些自己的見聞，尤其是一些什麼都不太懂的外行人，竟然也能以專家的身分進入到古玩鑒寶大會中，實在是讓賈似道有點不吐不快的感覺。

在古玩鑒寶大會那邊，賈似道還要顧忌自己的言行對於公眾的影響，考慮到紀嫣然、周富貴等熟人的面子，但是，在面對阿三的時候，賈似道卻很自然地就說出了自己真實的感受。

「呵呵，小賈，我只能說，你在古玩一行，接觸的時間還是太短了啊。」阿三在電話那頭猶豫了一下，說道：「要是時間再長上一點，我估計你就不會這麼說了。這古玩一行的水，本來就是很深的。」

賈似道微笑著說：「看來，我的翡翠店鋪，是不是應該儘快開業了呢？對了，阿三，店鋪那邊的裝修，應該差不多了吧？」上回去店鋪那邊的時候，裝修已經是快要完成了。

「你就放心吧。」阿三信誓旦旦地說，「你要是明天就把翡翠飾品搬進來，也不是不可以。就差最後的收尾工作了。」

「那就好！」賈似道掛了電話，心中還在思索著阿三所帶來的消息。電視台想要做古玩收藏一類節目的製作打算，在賈似道的腦海裏不斷地盤旋著……

一會兒閃現出古玩街那邊客流量越來越多的畫面，一會兒又是今天白天古玩鑒寶大會的現場那人山人海的景象。賈似道的眼神也開始變得有些恍惚起來，一如賈似道從幾個月前進入古玩一行，到現在的身家資產，似乎都是幻覺一樣。

直到兩者的影像完全重疊起來，賈似道的腦子裏才忽然清明了起來。

再看眼前的電視機，螢幕上正在播放著古玩鑒寶大會的新聞，那人潮洶湧的畫面，不正是和賈似道剛才腦海裏想像到的一模一樣嗎？

在這些畫面的底下，緩慢地滾動著一行小字。

賈似道仔細地看了一下，是電視台做的一個廣告，大致的意思是說，在往後的幾天裏，每晚都會有一個古玩鑒寶大會的節目片段播出。

而在之後的新聞主持人的話語中，更是直接說明了，在鑒寶大會上，電視台之所以出動了十六位特約記者來採訪，就是想要考驗一下這些特約記者在古玩收藏上的眼力，而接下來半個月內的每個晚上，都會播出攝影師跟隨古玩鑒寶大會上每個特約記者採訪的過程，還要徵集觀眾的意見，希望觀眾們為自己心中所喜歡的古玩收藏類節目主持人投票。

螢幕下方，自然是非常適時地滾動出了投票的管道和方式。

賈似道臉上流露出一抹欣慰的笑容來。一邊是肯定了阿三剛才所說的消息，一邊則是讚歎著，電視台出手果然是與眾不同啊。

與此同時，賈似道也算是明白了，為什麼周莎在面對著自己的眼力判斷失誤，挑選出來的東西被鑒定為假的之後，會流露出幾分沮喪的表情了。因為，這可是十六個主持人之間的比賽啊。要是對這個主持人的位置有幾分覬覦之心的話，任誰在浪費了前兩次的機會之後，也會流露出失望的神情吧？

第二天開始，賈似道一如既往地在儲藏室和別墅之間，以兩點一線的方式很自在地生活著。他時而給周大叔、阿三打個電話，也給李詩韻那邊打了電話，說說古玩鑒寶大會上的趣事，或者是「綠肥紅瘦」翡翠店鋪的籌備進程。

好不容易找出一個空閒的時間，賈似道瞥了一眼自己上週六從古玩街上花了兩百塊錢收下來的大袋銅錢，心裏一樂，暗歎一句：倒是把它們給忘記了。

只聽「嘩啦啦」一陣響聲過後，賈似道就把袋子裏的銅錢全部都給倒到了客廳的茶几上，所幸，茶几上的玻璃面積比較大，要不然，賈似道琢磨著，還放不下這麼多銅錢呢。

因為是一股腦兒全部都給收下來的，賈似道慢悠悠地在這些銅錢中，隨意地拿起來一枚，看了看，放下，又拿起另外一枚，看了看，再度放下。他把腦海中能確定看得出其價值的，比如唐代的「開元通寶」以及北宋的「宣和通寶」這樣不值錢的銅錢，都給放到了一邊。此外，對於自己稍微有些印象的，比如「崇寧通寶」、「至通元寶」、「政和通寶」這樣的在北宋年代比較普通的銅錢，也都給堆到了一起。

最後，就剩下一些賈似道看不太明白的銅錢了。

對於賈似道來說，花了兩百塊錢，最終的目的，就是這些他現在還看不太懂的銅錢。原本他還指望著，可以從這成堆的古代銅錢中，尋摸出幾枚比較值錢的來呢。不說價值成千上萬吧，就是能找出一枚上百的來，賈似道也算是不冤枉了這兩百塊錢的花銷。

只是，在約莫二三十來枚賈似道看不太懂的銅錢中，卻沒有什麼特別的發現。有些上面沒有字跡的，賈似道很難在短時間內判斷出結果來。有些銅錢即便有字跡，但是因為賈似道對於古代錢幣還是個新手，總不至於任何一枚銅錢，出現在賈似道眼前，他就能知道大概價值吧？

在這二三十枚的銅錢裏頭，翻著翻著，賈似道忽然發現了一枚刻有「會同通寶」字樣的錢幣。他感到這幾個字，似乎還算是有點印象，卻又不能很清晰地記起來。當下，他撓了撓自己的後腦勺，苦笑一下：書到用時方恨少啊。

正準備放棄思考這個問題的時候，忽然，賈似道把玩著銅錢的手指，感覺到有了幾分怪異的痕跡。當即，他就用放大鏡對著燈光，仔細地看了看這枚錢幣，竟然發現，在錢幣上的「會」字上，雖然沒有任何改動過的痕跡，但是卻與普通的有一些差別。

如果是一般的繁體字，「會」字的下面部分，自然是「日」字了。但是，現在賈似道手上拿著的這枚銅錢上面，竟然沒有了這個「日」字的最後一筆，而是借用錢幣內廓的上線。這一點，讓賈似道很好奇的同時，心裏也充滿了疑惑。

莫非是在這成堆的古代銅錢中，就只有這麼一枚是作假的？

賈似道先是察看了一下這個「會」字，隨後，又從剛才翻動過的不少銅錢中仔細地察看了一下，發現，剛才的那些古代銅錢，至少都是真的。即便有人想要作假，賈似道也不認為，會有人無聊到從北宋的「宣和通寶」這種不值錢的銅錢入手吧？

任何一枚稍微有點價值的古代銅錢，如果能夠作假出來，都要比成千上萬枚的「宣和通寶」來得值錢一些。

再度從剩下來的這堆古代銅錢中尋摸了一下，賈似道也沒有發現其他可疑的銅錢。賈似道只能在心裏琢磨著，自己在古代錢幣上的眼力，還不到家啊。

當下，拿起手上的這枚「會同通寶」，賈似道來到了書房內的電腦前。

在現在這個年頭，想要尋找一個有確切實物存在的銅錢的來歷，尤其是上面還有著明確刻字的銅錢，最快捷的方式，莫過於上網查詢了。

果然，沒花多少時間，賈似道就弄清楚了，自己手頭的這枚銅錢，要是真的話，還真的是有點來頭。

銅錢上的「會同」兩個字，應該是遼代的第二個皇帝遼太宗耶律德光的年號。這麼一來，「會同通寶」即是遼代會同年間所鑄造的錢幣的錢名了。賈似道還查到，這玩意兒的具體大小，直徑有二·四一釐米，中間的穿孔寬為零·六二釐米，邊緣的厚度則是零·一四五釐米，重量約為四克。

在賈似道的別墅裏，想要找出一些簡單的工具來測量一下自己手頭的銅錢，還是很容易做到的。賈似道也沒猶豫，整個測量過程非常乾淨俐落，隨後，他比較了一下結果，和網路上的描述差距不大，可以說是相當吻合。只是，對於這枚遼國錢幣，賈似道的心頭還是隱隱有一些疑慮。

在賈似道的記憶中，似乎遼國早期主要使用的錢幣都是宋錢，也就是北宋年間的錢幣。至於遼錢的鑄造，實際上是一種政治目的，是象徵性的鑄錢。儘管遼錢的數量相對來說非常稀少，卻每一個年號都會鑄造一些，這樣一來，在中國的貨幣史上，這枚錢幣就有可能證明一段歷史。所以，遼錢的價值和其他版別的珍品有同樣的意義。可以這麼說，遼代早期的錢幣存世量極少，每一枚都是價值不菲的珍品。

此外，「會同通寶」是遼代早期的錢幣，它更是只在古錢譜上記載過一個名字而已，但是，「會同通寶」的錢幣存世量極少，賈似道卻還是可以肯定的。

眼前的這枚「會同通寶」，會是真品嗎？

賈似道來回把玩著手上的銅錢，甚至還放到鼻子跟前聞了一聞，隨後，更是像精通古代錢幣的行家一樣，把銅錢湊到耳邊，用手輕輕地彈了一下，還放到嘴邊吹一口氣，再聽一聽聲音。

無奈的是，新手終究還是新手，即便動作都做到位了，賈似道也聽不出個所以然來。

賈似道只能微微感覺到，手中的這枚古錢，稍微有幾分遼錢的氣息，畢竟，不同年代鑄造的錢幣，都會有不同的風格，甚至連鑄造的錢幣的觸覺都會有所不同。賈似道不是行內人，卻也可以稍微分辨出幾分手頭的銅錢的特點來。

只是當賈似道仔細把玩很久之後，卻又發現了這枚錢幣的一個細節。在「會同」的「同」字的右邊，有一點點壓傷。一般來說，在古代銅錢上，有了這樣的細節，倒很像是用一些普通古錢，把上面的文字改刻而成的。

因為改刻是古錢造假高手慣用的手法之一。一般的，都是將一枚同時代的普通古錢上的文字改刻成別的字，達到以假亂真，炮製出珍稀古錢的目的。

讓賈似道心裏有些懷疑的是，不光是這枚「會同通寶」上面所出現的兩個疑點，就連「會同通寶」的本身，也實在是太罕見了。

哪怕就是真的擺放著一枚「會同通寶」在賈似道的眼前，他也不敢直接確定，這東西就是真的。

第三章

大行家

程老長說道：「在古代錢幣一行，
怕的是鑽進去後跳不出來，不可自拔，
這樣的人不可能成為真正的行家。
只有先鑽得進去，鑽得深了，
又能跳得出來，能從高處、宏觀地去看，
才能成為一個真正的大行家。」

第二天一大早，賈似道就找來了阿三，詢問起在臨海地區，是不是有誰在古代錢幣上比較專業的。阿三很詫異地問了一句：「我說小賈，你該不是又準備進軍古錢幣這一行了吧？」

「怎麼的，不行啊？」賈似道白了阿三一眼。

「我就知道你這小子找我肯定沒什麼好事！」阿三有些無語，「我還以為你一大早拉我出來，為的是翡翠店鋪的事情呢。我說，你直接把這個店鋪的事情交給我了，害得我忙到現在，也沒有騰出空閒時間來，是不是應該給我點補償啊？」

「行啊。你想要什麼樣的補償？」賈似道現在可不缺錢，說起來，賈似道也不認為阿三會缺錢。哪怕是缺，也決然不會在這個時候提出來。所以，他一邊回答著，一邊看向阿三的眼神，也頗有幾分玩味的感覺。

「這可是你說的啊，可不能後悔！」阿三先是肯定了賈似道的話，這才說道：「我家的那位，最近因為小倩的關係，一直就在關注著翡翠首飾，結果自然是喜歡上了，不要說是她了，就是小倩本人，也對翡翠飾品非常喜歡……」

「你的意思是說，等我開業的時候，送一套她喜歡的翡翠飾品，對不對？」

賈似道看了看阿三，「這還用你說啊，如果丹丹想要的話，不用等到過幾天開業了，今天我就可以去廠房那邊幫她挑選一套出來。不然，待會兒你找她過來一起去挑？」

「我看還是算了吧。你有這麼個心思就成。我也就是說說而已。」阿三訕笑地說，「女人嘛，只是看著翡翠喜歡，真要她們一直戴著，恐怕也就是圖個新鮮，拿出來炫耀一下而已。」

「這個你就不懂了吧？」賈似道笑著說道，「要是每一個女人，都是這樣的想法的話，那我的翡翠店鋪開業之後，還能把東西賣給誰啊？」

阿三拍了拍賈似道的肩膀，說道：「就你歪理多……忘記和你說件事了，你讓我註冊的公司，都弄得差不多了。但是，除去現在古玩街這邊的翡翠店鋪的店址之外，還有公司的標誌，店鋪職員的服裝，甚至企業文化等一系列的事情，可就要看你自己的了。」

「這麼麻煩啊？」賈似道臉上苦笑著。

「那你以為呢？這可是開公司呢，你以為是過家家啊？」阿三沒好氣地說了一句，「你現在的樣子，整個就一個甩手掌櫃。我這邊忙死忙活的都沒覺得麻煩呢，你倒好，還感覺麻煩了。不過，說真的啊，這個職員服裝什麼的，統一不統一，還是次要的，想要開一個翡翠店鋪，最主要的，是剛開業階段的主打產品，一定要搞得有聲有色的……」

「這個，我還是有點打算的。」賈似道點了點頭，「不說你看到過的幾件極品翡翠吧，血玉手鐲之類的，其他東西也都是比較上檔次的。」

「你的意思是說，要完全走精品路線？」阿三的眼睛不由得一亮。

「嗯！」賈似道很肯定地說，「我最近一段時間，看過不少同行的一些出名的翡翠公司。就目前國內的形勢來看，曝光率最高的『七彩雲南』無疑是聲勢最大的，但是，它的主要市場卻只集中在昆明和北京等地。而有『翡翠王』之稱的馬先生的『通靈翠鑽』的市場，則主要在南京，現在又被國外的企業給收購了。此外，還有『翡翠物語』、『翠佛堂』等比較出名的翡翠公司，主要集中在廣東。我現在是浙江的臨海，和它們這些翡翠行業的大鱷，並沒有太大的衝突。所以……」

說到這裏，賈似道頓了一頓，才接著說道：「所以，目前正是我的『綠肥紅瘦』翡翠公司發展壯大起來的大好時機，我為什麼沒有去省城那邊？就是怕在自己的羽翼還沒有豐滿的時候，就受到南京那邊的翡翠店鋪的打壓。」

「我看不是吧？」阿三聽著，插口說了一句：「你把翡翠店鋪開在臨海，無非就是貪圖個方便而已。還有，你自己製作出來的那件玻璃種帝王綠翡翠觀音掛件，可別以為我不知道，那是出售到北方去的吧？」

「看來，你的消息還很靈通嘛。」說到這個，賈似道也沒什麼好隱瞞的，把自己對於王彪那邊的打算，也稍微地說了一下，最後，還是回到了店址這個問題上，說道：「臨海這樣的縣城，說大不大，說小也不小，和省城杭州以及上海等大都市的距離也不算遠，真要傳出了名氣的話，購買翡翠什麼的，那邊的客戶過來也還算是比較方便。」

當然，這裏指的是價格昂貴的極品翡翠。要是一般的價值只在幾萬元上下的中低檔翡翠，恐怕大多數的人還是會選擇在自己居住的城市裏購買。尤其是像杭州、上海這樣的大城市，想要去一些大型商場裏購買個幾萬元的翡翠飾品，還是非常方便的。

「而在臨海地區，像周大叔的『周記』，雖然也是實體店，也有不少翡翠飾品出售，規模卻很小，並且，整個高端翡翠市場更主要靠的還是『走行貨』。」

賈似道有些揮斥方遒般地說道。所謂的「走行貨」，就是直接從南方的一些大型翡翠公司，諸如劉宇飛的「劉記」這樣的公司中，進購一些高端翡翠飾品來出售，這樣一來，賺取的利潤無疑就沒有像賈似道從賭石到切石，到雕刻，再自己銷售來得高了。

賈似道接著說：「所以，臨海的整個翡翠市場，真正有知名度的翡翠店鋪，真正樹立起來的像『七彩雲南』這樣的翡翠品牌，卻連一家都還沒有。唯一還算有些名氣的『天啟珠寶公司』，雖然是從翡翠一行起家的，但是，它後來也加入了不少黃金首飾。我琢磨著，我的『綠肥紅瘦』翡翠公司，還是很有前途的吧。」

賈似道說起楊啟的「天啟珠寶公司」時，臉上的神情很淡然，似乎在談論著一個毫不起眼的小公司一樣。這樣的神情，倒是讓邊上的阿三聞言之後，心裏有了極大的震撼。

一直以來，或許在阿三的心裏，已經是把賈似道的目標放在一個很高的位置了。但是，那也僅僅是局限在臨海地區的。即便阿三預料得到賈似道的「綠肥紅瘦」翡翠公司能夠在臨海地區出名，那又怎麼樣呢？大不了，也就是和現在的

「天啟珠寶公司」一樣罷了。

不要說是阿三，就是當初想讓賈似道入主古玩街這邊的店鋪的周大叔，恐怕也是如此認為的吧？

這會兒，阿三猛然間聽到賈似道如此野心，臉上的那份駭然神色，也就不言而喻了。

「那個，小賈，聽你這麼一說，我覺得，我們的翡翠店鋪趕在國慶的時候開業，是不是有點操之過急了呢？」阿三有些小心翼翼地說了一句，「既然你的目光已經放到了全國的市場上，那麼，在開業的時候，勢必需要造勢了。而且，還需要是那種很強、很炫目的『勢』，最好是讓人能夠在第一時間看到就能記住的。」

「那是自然的。」賈似道點了點頭，看了阿三一眼，也許是察覺到了阿三內心的那份驚訝，賈似道這才感覺到，自己剛才的話似乎是說得有點過了。畢竟，那也只是他的一個想法和目標而已。比起現實來，能不能實現暫且不說，過程中會遇到許許多多麻煩，卻是肯定的。

不過，楊啟的「天啟珠寶公司」，在賈似道的眼裏，還真的是連競爭者都算不上呢。不論是楊啟的為人，還是「天啟珠寶公司」現在的規模，也還是僅僅局限在臨海縣城，確切地說，是局限在台州地區。

遠的不說杭州那邊，就是寧波，也還有著和楊啟非常熟識的金總呢。

尤其是賈似道的「綠肥紅瘦」翡翠公司，所基於的最大保障，是賈似道的特殊感知能力在賭石上的絕對優勢。要是有了這樣的保障之後，賈似道還連臨海地區都衝不出去的話，那也實在是太浪費他的特殊感知能力了。

只要有了特殊感知能力的幫忙，賈似道就可以繼續在賭石一行大展拳腳，把儘量多的翡翠原石給收到自己的囊中，從而謀取絕對高的利潤。不管楊啟想要打價格戰，或是從翡翠飾品的品種豐富、精彩設計上來打壓，賈似道都不會懼怕。

「說起來，阿三，或許你也知道我開翡翠店鋪的初衷。」賈似道有些淡然地說，「最初，我只不過是想要自己雕刻一些翡翠飾品來出售，不讓那些大型翡翠公司賺取從原料到雕刻出成品之間的巨額利潤而已。」

阿三點了點頭。要不是這樣的話，阿三都還不會想到提議讓賈似道自己開個翡翠店鋪呢。但只有真的開店鋪了，才會感覺到這其中的麻煩。遠沒有賭石回來，切開來，垮了就算，漲了就出手這樣的買賣來得簡單。

「所以，並不是我真的想和其他翡翠公司競爭，我只不過是想要在合理的情況下，儘量多地把自己收上手的翡翠料子雕刻打磨成翡翠飾品銷售出去而已。」賈似道說道，「至於像大多數的翡翠公司一樣，刻意地去逢迎市場這種事情，我是不會去做的。既然都準備自己開翡翠店鋪了，那麼，要做就要做出自己的特色來。」

「自己的特色？」阿三有些疑惑地問道。

「是啊，就是自己的特色。」賈似道說道，「比如，我們可以首先確立一個基本原則，像是坑害消費者啊，以次品來充當高檔翡翠飾品啊等做法，都是不會去做的。這樣一來，我們店鋪的名聲，自然而然的也就會傳開來了，無非是需要多一些時間而已。」

「這樣一來的話，消費者是滿意了，但是，你有沒有想過，自己開店的目的呢？」阿三略微思索了一下，就開口說道：「是不打算盈利，還是說不在乎其他行同對你的打壓？」

要是賈似道一進入翡翠一行，就和所有的同行對著幹的話，在阿三看來，即便賈似道現在的翡翠料子存貨還不少，即便賈似道還能繼續去賭石，賭回來一些極品翡翠料子，也不是一個長久之計。

「這個，我也算是認真地想過了吧。」賈似道考慮著說道，「我開這個翡翠公司的最終目的，並不是為了賺很多的錢。」說到這裏，賈似道的腦海裏浮現出自己父母的面容。說白了，在最開始，賈似道同意開一個翡翠店鋪，並且是開在臨海這樣的地方，未嘗沒有想要讓自己的父母明白，他的錢財來源是很乾淨的。甚至想要讓自己的母親來店鋪裏幫忙，也是賈似道一早就計畫好了的。

到了這會兒，賈似道琢磨著，再過上幾天，就可以接自己的母親過來，適應一下環境了吧？

「不為了賺錢？」阿三這時看向賈似道目光，頗有點像看著外星人一樣。

「呃，那個，我說的是不為了賺很多的錢，又沒說不賺錢。」賈似道有些無語地說，「要是一分錢都不賺的話，我開翡翠店鋪做什麼？難道用來玩？」

「我還真怕你就是為了玩呢。」阿三小聲嘀咕了一句。賈似道現在的資產具體有多少，阿三不知道，但是，可以預計，絕對不會少。哪怕是開個翡翠店鋪，出售的翡翠飾品虧本一些，除去支付許志國等人的手工費之外，和直接出售翡翠料子持平，賈似道也依然是個富翁。

對於這樣的人，又有了剛才賈似道的一番豪言壯語，阿三琢磨著，即便是虧本買賣，也不是一件不可能的事情。

「誰說我開翡翠店鋪是用來玩的啊？」賈似道的耳朵可尖著呢，當即就大聲說道：「要是為了玩，我也不至於把翡翠店鋪開到古玩街這邊來吧？員工的工資還是小數，光是店面的錢，廠房的錢，可都是大把大把地花出去了啊。」

賈似道這麼一說，阿三也聳了聳肩，想到最近一段時間裏，賈似道似乎還真的就是一直都在花錢了。

「我還準備著等國慶開店了，多賺點錢回來呢。」賈似道也打趣似的說了一句，「適當的行銷手段，我還是非常認同的。但絕對不能背離自己開店的原則。當然了，如果這其中有錢賺，我自然也不會輕易放過啦。」對於賈似道而言，能夠確保自己賭石的時候不會虧本，那麼，賺錢就已經不具備什麼誘惑力了，無非是資產多少、夠不夠花的問題。

賺再多的錢，賈似道的生活最多也就是像現在這樣。把錢存在銀行裏，也只是一個數字。在這個過程中，能夠娛人娛己，才是賈似道真正的目的。

「那你的意思就是說，堅決不掉自己的身價嘍？」阿三微微一琢磨，也就領悟到了賈似道話中的主旨。說白了，賈似道開這個翡翠店鋪，就是走精品路線，走「七彩雲南」那樣的品牌路線。至於那些行業裏虛的東西，他就不準備摻和著搞了。

賈似道聞言，當下就語氣堅定地認同道：「對！我的翡翠店鋪，實行的就是一口價，還堅決不打折。」

「這樣也好。至少不用怕一些同行暗地裏的打壓了。」阿三琢磨著說，「不過，其他商家銷售翡翠飾品時的法寶，就是打折和贈送禮品，如果你一直堅持不打折的話，難道也不贈送禮物？」

「對了，阿三，和你說著話，我倒是忘記了來這邊找你的目的了。」想到極品翡翠的銷路，賈似道心中有了幾分鬱悶，思緒也不由得重新回到了「會同通寶」這枚銅錢上：「你能不能介紹一位對古代錢幣比較有研究的專家給我認識一下啊？」

「我看你啊，找錯人了。」阿三攤了攤雙手，「要說在古玩一行的人際關係，紀嫣然絕對要比我廣得多。」

「那，好吧。」賈似道撓了撓後腦勺，「這邊翡翠店鋪的事情，就繼續拜託你了。」

「行了。趕緊去找你的紀嫣然吧。」阿三不由得打趣地說了一句。

「你小子……」賈似道抿了一下嘴角，一句「你的紀嫣然」，倒是讓賈似道不知道說什麼好了，揮了揮手，賈似道就轉身離開。而待到賈似道走遠了之後，阿三的神情明顯還沒有恢復到正常狀態。按賈似道剛才勾勒出來的未來，「綠肥紅瘦」翡翠公司，絕對會躋身一流翡翠公司的行列。

那麼，自己是不是也應該早點規劃一下呢？

阿三皺著眉頭琢磨來琢磨去，卻始終不能像賈似道那樣，很快地就找到自己的發展方向。最後，他拍了一下自己的頭，小聲嘀咕了一句：「你這榆木腦袋啊，什麼都想不出來，活該你一輩子就這麼混下去，一直都沒出息……」

賈似道打了個電話約了紀嫣然，之後兩個人各自開著車，到了台州賓館之後，紀嫣然就領著賈似道，找到了一位姓程的老專家，聽紀嫣然的介紹，這位還有「一眼程」的稱號呢。說的就是老專家的眼力很過人，任何東西，幾乎看上一眼，就能分辨出真假來。

客氣地問了一聲好之後，賈似道當即就把自己的來意說了出來：「程專家，您好，我這兒有一枚銅錢，我自己看著還有點玄乎，麻煩您給鑒定一下。」

「噢？」程老似乎是對於賈似道昨天不找人鑒定，反而選擇在現在這個時機有些詫異。不過，古玩一行，很多時候並沒有這麼多講究，又也許是看到賈似道和紀嫣然一起進來的吧，程老倒是笑呵呵地接過了賈似道手中的銅錢，乍一看，臉色就是一變。

而看到程老的神情變化之後，賈似道的心裏也不由得就是一緊。

在剛才進賓館之前和紀嫣然交談的時候，賈似道就知道，眼前的程老在古代錢幣一行，是浸淫很多年的老行家了。那會兒，紀嫣然剛聽到賈似道手頭有一枚古代銅錢看不太明白，也有些詫異地看了賈似道一眼，才問了一句：「小賈，你什麼時候不玩瓷器，改行玩古代錢幣了？」

那話語中的口氣，在賈似道聽來，和阿三幾乎是如出一轍。

要不是賈似道很明確地知道，紀嫣然和阿三沒有什麼特別的交集的話，說不定就會認為兩個人心有靈犀了呢。為此，賈似道只能苦笑著說了一句：「什麼改行玩古代錢幣啊，我就是趁著古玩集市的時候，從地攤上收了一些銅錢回來，然後在家裏仔細鑒別了一下，猛然間看到自己不太熟悉的銅錢，自然是想要找人給掌掌眼了。」

「如果你對古代錢幣一行一點都不瞭解的話，我想你也不會特地來找我幫你介紹一位專家把關吧？」紀嫣然看著賈似道，很有些深意地說：「有時候，我真的一點都看不明白你。明明在翡翠一行有著很高的天賦，而你卻經常做一些別人看了很費解的事情。比如，經常去收藏一些瓷器，那還可以說是興趣，現在倒好，竟然又收藏起錢幣來了。」

那話語中的口氣，倒是和先前迥然不同。

一時間，賈似道也不知道怎麼回答好了。對於紀嫣然說的話，賈似道琢磨了一下，心裏還真是有些感觸。正所謂「霧裏看花，水中望月」，賈似道自然是當局者迷了。這會兒紀嫣然旁觀者清的話一說出口，賈似道也有點感悟起來。自己是不是應該在翡翠一行，有更進一步的發展呢？

要是僅僅想要在臨海這樣一個小縣城裏生存的話，賈似道倒是絲毫都不擔心，但要是想要真的發展起來，那麼，賈似道需要做的事情，無疑還有很多很多……

「這位小夥子，你這東西是怎麼來的？」正在賈似道回想著和紀嫣然的對話的時候，程老把玩了一陣手中的銅錢，問了一句。

「哦，這是我從古玩集市那邊收上來的。」賈似道解釋說道。

「花了不少錢吧？」程老繼續著問道。

「當時是和許多銅錢一起收上來的，也就是花了幾百塊錢吧。」賈似道說道。

「也就是花了幾百塊錢？」程老先是一愣，隨即才笑了開來，贊了一句：「在古代錢幣一行，從地攤上收的東西，能花費個幾百塊，已經算是下足了本錢了。」

程老這會兒說的話，卻似乎是在暗示賈似道花錢也太大方了一些。

賈似道微微一琢磨，摸了摸腦袋，說道：「這個，其實，當時我也沒多想，就是想要收下這些銅錢來研究研究。最近一段時間，我對古代錢幣產生了不小興趣呢。一下子看到那麼一大堆銅錢，都是和軟玉、奇石什麼的放在一起，我估計攤主小販應該也不太懂古代錢幣。」要不然的話，賈似道想要收集古代錢幣，古玩街那邊有的是小販專門賣銅錢的呢，賈似道大可去那邊收上來一些好了。

「呵呵，看來你的判斷很正確，那個小販應該是不懂古代錢幣的。而你啊，還真是好運氣啊。你可算是撿到寶了。」程老看著賈似道的模樣，笑呵呵地說道。

「程老，該不是真的被他撿漏了吧？」邊上的紀嫣然無疑是不懂古代錢幣的，剛開始，聽著賈似道和程老的對話，也算是中規中矩的，幾乎就和古玩鑒寶大會上的對話一樣。但是，這最後一句，卻著實讓紀嫣然大吃一驚。

說話間，紀嫣然看了賈似道一眼，又看向程老手中的銅錢。這就是一枚撿漏的銅錢嗎？紀嫣然仔細地看了看，還不是有孔，有字，和一般的銅錢也沒什麼區別嘛。

殊不知，銅錢的價值變化，就在於那幾個字的不同。就好比一張一百塊的人民幣，和一張一塊錢的人民幣，要是除去紙張質地的區別，也就是上面的圖案和字跡的不同吧？

「這位小夥子，看你的樣子，你自己應該對於這枚錢幣有了一個初步的判斷吧？」程老倒是不在意紀嫣然在邊上打岔，轉而問賈似道：「不如，你先說叨說叨？」

「這個……」賈似道聞言，當即知道眼前的程老是在考驗自己，不由得組織了一下語言，說道：「那我就胡亂說幾句了。當我在家裏剛看見這枚錢幣的時候，當時感覺還是很奇怪的。只是發現有點不大對勁，可又說不出到底奇怪在什麼地方。不過，因為這枚銅錢上面有字跡，所以，想要找到資料，也還是挺容易的。這不，我就查到這東西，如果是真的話，應該是遼國早期的錢幣。」

「不錯，不錯。」程老一邊聽著，一邊點了點頭說：「有了懷疑，就自己查找資料來瞭解，深得收藏的滋味啊。」

「這麼說來，小賈，你在來之前，就已經知道這枚錢幣是遼國早期的嘍？」雖然對於銅錢的具體價值不大瞭解，不過，聽賈似道和程老的口氣，紀嫣然也能覺察出這枚銅錢比較稀罕了。

「我只是有這樣一個判斷。但是，具體的細節，我還有不少疑惑呢。」賈似道說道。

「哦，我看這枚銅錢比較完整，並沒有什麼改刻的痕跡，而且，只要是稍微懂得一些古代錢幣的人，應該都能看得出來，這枚銅錢的風格還是和遼代比較接近的。」程老看了賈似道一眼，「你還有什麼疑問呢？」

「首先，就是這枚銅錢，我得來太容易了。」賈似道說著，就把自己得到這枚銅錢的過程具體地說了一遍，又說道：「之後，我琢磨著，這枚銅錢如果是真的話，既然這麼珍貴，又怎麼會混在一堆沒什麼價值的銅錢中呢？」

這就好比天上突然掉了一個餡餅一樣。雖然任何一個人都希望有這樣的好事發生在自己的身上，但是，真要是遇到了如此好事，大多數的人，都會懷疑是不是有什麼人在惡作劇吧？

「這個我倒是能解釋一句。」紀嫣然在邊上聽著，美目一亮，說道：「剛才小賈你自己都說了，你的那堆銅錢中，以北宋年間的銅錢為主，這麼一來，有這枚和北宋同處在一個時代的遼國早期銅錢，也就比較正常了。」

「呵呵，紀小姐說得很正確啊。」程老贊了紀嫣然一句。

賈似道訕訕地一笑，說道：「其實，關於這枚銅錢，我還有兩個疑問。其一，就是這銅錢上的『會』字省了最後一筆；其二，就是第二個字『同』字的右邊有一些壓傷。這究竟是怎麼回事呢？」

賈似道說著，還自己分析了一番，說道：「如果是有過改刻的話，也不太可能僅僅是從『同』字入手吧？而且，『會』字的處理，也顯得有些粗糙了。」對於這兩個問題，賈似道可是百思不得其解。現在遇到了行家，自然是一股腦兒地問出來了。

「看來，你的觀察能力的確是很細緻。但是，對於古代錢幣一行，卻還是剛剛入門啊。」程老長舒了一口氣，「在古代錢幣一行，最怕的是鑽進去以後跳不出來，不可自拔，這樣的人永遠也不可能成為一個真正的行家。只有先鑽得進去，鑽得深了，同時又能跳得出來，能從高處去看，宏觀地去看，才能成為一個真正的大行家。」

「程老，您說的，可不就是您自己嘛。」紀嫣然在邊上嫣然一笑道。

「呵呵，紀小姐，你倒是會誇我這個老人家。」程老謙虛了一句，「我在古代錢幣一行，才剛剛開始啊。」轉而他話鋒一轉，對賈似道說道：「就像是小夥子你，我現在在古代錢幣一行的心態，就和你差不多了。」

「程老，您這麼說，是不是在說，我已經開始入行了呢？」賈似道笑著說。

「你小子啊，」程老淡淡地抿嘴一笑，「心態還真是不賴。只要你保持著現在這樣的心態，才能在古代錢幣一行有所建樹。我們再回過頭，看看這枚錢幣。首先，這『同』字，只要你仔細看，會發現並沒有任何改動過的痕跡，這就說明了，它不可能是改刻成的。」

「可這也正是我疑惑的地方。」賈似道說道。

「呵呵，你看過的錢幣還太少了。」程老說道，「這樣的壓傷，在古代錢幣中還是為數不少的。當然了，很多作假的販子，也知道這個道理，很多古代錢幣，經過改刻之後，或者是因為不同的字體想要雕刻得一樣有許多困難，或者就是作假的販子故意為之，經常會留下一些壓傷的痕跡。」

「這麼來說，只要鑒定這個『同』字是不是改刻過的，就可以了，而不需要仔細考慮，究竟這壓傷是怎麼回事嘍？」賈似道有些明白過來。

程老只是淡淡地看了賈似道一眼，也不明確地說。古玩行中的道道，大多數還是需要個人自己去體會的，說得太明白了，反而著道了。「再說這個『會』字吧，你剛才也說了，它省略了最下邊的『日』字的最後一筆，借用了錢幣內廓的上線。這種情況在古錢幣一行叫做『借筆』，它是遼早期鑄幣的一個特點。」

「這是遼國早期鑄造錢幣的特點？」賈似道心裏一愣。對於這一點，他還真是不知道。

「呵呵，在幾十年前，我就有幸見過一枚同樣是遼早期錢幣的『天祿通寶』，其中『天祿』的『祿』字也是一個借筆，將右下部的『水』與偏旁共用了同一個點。」程老生怕賈似道有些什麼別的想法，特意說了一件自己身上發生的事情，隨後才感歎了一句：「這遼代早期鑄的錢幣數量非常稀少，能留存至今的，就更是稀罕了。可以說，每一枚都是彌足珍貴的。小夥子，你可是撿大漏了啊。」

「嘿嘿，這個完全是運氣嘛。」賈似道有些訕訕地撓了撓後腦勺。

「程老，那這枚銅錢，究竟能值多少錢啊？」按說，紀嫣然應該不會如此市儈地問出這麼一個問題來。不過，也許是看到賈似道有些愣愣的神情吧，紀嫣然鬼使神差地就幫忙問了一句。

賈似道聞言，也是精神一振。他眼巴巴地看著程老，希望程老能說出一個具體的數字來。

「要是老頭子我說了價格，那豈不是你們來請我幫忙鑒定？這麼一來，我可是要收費的哦。」很難得的，程老竟然開起了賈似道和紀嫣然的玩笑：「不過，看在小夥子你只花了幾百塊錢就收上了這枚珍貴的『會同通寶』，讓我也長了不少見識，我就索性直接和你說了吧。這枚銅錢的價格啊，至少要翻上幾百倍，一旦上拍賣行的話，翻到上千倍也不在話下。」

「那還真是恭喜你了，小賈。」紀嫣然笑意吟吟地看著賈似道說，「我看吶，程老，您千萬別跟他客氣，好歹小賈也是撿漏了，賺了一大筆，正應該請客一次。」

「行！」賈似道自然很高興地答應了下來，「不如，就今天晚上好了，怎麼樣？」

「呵呵，你們年輕人去吧。我可沒這個時間嘍。」程老看了賈似道和紀嫣然一眼，一邊說一邊搖了搖頭。

看到賈似道好奇的眼神，紀嫣然小聲地解釋了一句：「程老下午就要回省城那邊去了。」

「哦！」賈似道這才明白了過來。除了老王這樣的珠寶玉石的鑒定專家之外，這次的古玩鑒寶大會，也還有許多其他類別的古玩專家來自省內各個城市地區的。要不是這樣的話，賈似道琢磨著，也不太可能會有昨天那麼大的規模吧？

接下來，賈似道跟著紀嫣然一起，在台州賓館樓下的大廳裏，和眾位專家吃了頓散夥飯。桌席上，因為大家除了都是古玩一行的專家之外，也還有不少人有一些其他身分，比如，紀嫣然就是大學裏的講師呢。大家互相交流了一下，也算是豐富了自己的人際關係。

賈似道自然也是隨著大流，和不少專家們認識了。

「怎麼，是不是有些不習慣啊？」紀嫣然對賈似道問了一句，「這可不像是一個要擁有自己的翡翠店鋪的老闆所作所為啊。」

「你就別再打趣我了。」賈似道苦笑著說，「我只是不知道，要怎麼融入這個群體中去而已。」如果這些專家在酒桌上也都是討論一些古玩行的內幕的話，賈似道還巴不得自己能多參與到這樣的聚會中呢。

不過，要是在酒桌上，大家說的多是一些應酬的話，那麼，賈似道琢磨著，還不如去找老楊那些人吃喝一頓，來得更熱鬧呢。

聽到賈似道的回答，紀嫣然也微微地搖了搖頭，不再多說，轉而繼續幫賈似道介紹起他還不認識的專家來。在說到程老的時候，賈似道這才很自然地上前問了一聲好。其他像老王這樣，賈似道已經認識的人，大多都表現得很自然。

一圈下來，紀嫣然詫異地看了賈似道一眼，說道：「你這不是表現得還挺好的嘛。」

「那是因為事先就已經認識了好吧？」賈似道聳了聳肩膀，「要不然的話，我在以前的單位裏，可都是很少出去應酬的。我感覺，在這樣的場合沒什麼話好說的。」

說到以前的單位，賈似道心裏嘀咕一句：自己好像也好久沒有去看看小六子了呢，倒是老楊還經常能看到幾回。等這邊的事了了，或者乾脆等到翡翠店鋪開業的時候，賈似道決定再去邀請一下小六子。不管怎麼樣，聚一聚也是好的。

「對了，剛才聽省城那邊的幾位專家說，下個月，也就是國慶假期期間，要舉辦一個大型珠寶展，不知道你的『綠肥紅瘦』翡翠公司，有沒有興趣參加呢？」紀嫣然忽然對賈似道說了一句，「這可是一個很好的機會啊。」

「珠寶展？」賈似道心裏一動。

「就是珠寶展。」紀嫣然笑著答了一句，「展覽會上，會有省內各家珠寶店、珠寶公司的珍貴飾品展出。而且，屆時主辦方還會邀請到上海、南京等地的一些知名珠寶公司前來一道參加展覽。」

「聽上去很不錯。」賈似道說道，心裏則是在飛快地盤算著，這樣的珠寶展覽，究竟是不是可以去參加一回：「對了，這樣的珠寶展，如果我想要去參加的話，沒什麼特別要求吧？」

不說珠寶展了，就是昨天的古玩鑑寶大會，前來的收藏愛好者又是何其多？但是因為主辦方只準備了一天的時間，早一點到來的收藏愛好者，自然是有著不小的優勢了，而到了下午的時候，主辦方看到廣場上還有許多收藏愛好者沒有機會得到專家的鑒定，就自發組織起來，進行了大批量篩選。

也就是由週邊的一些行內人，對收藏愛好者的藏品進行初步鑒定。如果沒有什麼針對性的玩意兒，或者是一眼假的，就直接剝奪了他們繼續排隊進入屋子裏，面對面地請教專家的機會。當然，要是有一定的身分，又或者有關係的話，那是另外一回事。

如此一來，才能大大加快專家們鑒定古玩的速度和效率，整個古玩鑒寶大會才會得以在一天的時間內就圓滿結束。雖然，這樣的圓滿是相對於少數人來說的。

「特別的要求倒是沒有。」紀嫣然思索了一下，「不過，事前的審核程序，那是肯定需要的。尤其是像你這樣的，剛開業的翡翠店鋪。」

那話中的潛在意思很明白。賈似道要是真的想要通過審核，花費一點錢財，那都是小事了，真正需要的，還是走一走門路吧？要不然，主辦方憑什麼要讓賈似道這樣一個「小小的」翡翠公司，去參與「大型」珠寶展呢？

如果賈似道的翡翠公司很出名的話，或許主辦方會很客氣地邀請賈似道的公司前去參加，甚至還有出場費可以拿，前提自然是需要帶一些翡翠珍品過去展覽了。而賈似道現在的「綠肥紅瘦」翡翠公司，不顯山不露水的，哪怕賈似道有著諸如血玉手鐲這樣的珍品，也不能很輕易地就通過主辦方的審核程序吧？

「那就到時候再看吧。」賈似道心裏微微一琢磨，就很清楚主辦方有什麼樣的打算了。這可不光是在珠寶一行，就是在其他一些行業內，也都有著這樣的潛規則。比如娛樂圈某個活動中，大牌明星出場，可以有出場費拿，而沒有名氣的歌手，則需要自己來支付出場費。

至於現在賈似道的翡翠公司，無疑就是珠寶展覽中最底層的小公司了。

「其實，以省城那邊往屆舉辦的珠寶展覽的規模而言，我覺得你的公司去不去都沒什麼關係，最主要的還是要爭取去上海那樣的大都市的珠寶展覽。如果上海那邊的珠寶展上，你的『綠肥紅瘦』翡翠公司能夠一鳴驚人的話，對於你的店鋪可是非常有利的。」紀嫣然說道。

「那上海那邊的珠寶展覽，什麼時候開始啊？」賈似道對於這方面的消息，可是一點都不清楚。

「這下你知道人際關係的重要性了吧？」紀嫣然聞言，卻沒好氣地看了賈似道一眼，還特意寒磣了他一句，這才說道：「會比省城那邊的晚很多，大概要等到十二月份吧。還有，明年開春之前，香港那邊，也會有一個大型珠寶展。」

「香港？」一時間，賈似道倒是覺得，紀嫣然的話似乎扯得有點遠了。

不說別的，就光說在翡翠一行吧，真要論到高檔翡翠珍品的市場，大陸地區的翡翠消費，和香港那邊還是有著很大的差距的，還有台灣、新加坡等地。如果按照紀嫣然現在所說的這樣，賈似道的「綠肥紅瘦」翡翠公司，可以一路參加珠寶展，直到在香港、台北這些地區的珠寶展上站住腳的話，那麼，賈似道的翡翠事業無疑要算是非常成功了。

似乎就是這麼無意間，賈似道突然就感覺有點明白，自己的翡翠公司需要努力的目標和要前進的方向。

第四章

生澀中見韻味

「小賈，那位雕刻師傅，是從哪兒找的呢？
我仔細琢磨過翡翠觀音掛件的雕刻手藝，
初一看，感覺這位大師傅的手藝還挺生澀的，
有些地方雕刻得明顯不夠圓滑。
但仔細一看，這樣的雕刻技藝真是一絕啊。」
王彪笑著說。

賈似道離開台州賓館之後，還真的想起來，自己的一些事情應該要儘快地去處理一下了。至少，對於廠房那邊儲存著的翡翠原石，賈似道這一陣忙碌起來之後，就很少再去關注了。這會兒，猛然間聽到紀嫣然所說的省城珠寶展之後，賈似道要是想在珠寶展上大展拳腳的話，光是依靠現有的血玉手鐲，還是很難撐得住場面的。

即便是乍一看之下，血玉手鐲這樣的珍品可以給人一個很不錯的視覺衝擊，但是整間翡翠店鋪，總不能依靠這樣一件珍品來撐場面吧？說不定，賈似道真準備去參加杭州的珠寶展，到時勢必還需要切出更多的極品翡翠原料來。

而一想到切石，賈似道的心頭難免就有些蠢蠢欲動起來。

當然了，這個時候的賈似道，心中更多的是在琢磨著，自己在珠寶展上究竟能夠拿出什麼樣的珍品來。玻璃種帝王綠翡翠，是一定需要的。這可是極品翡翠中的主流，是翡翠飾品中的王者。任何一個珠寶展上，在翡翠這一塊，要是沒有玻璃種帝王綠翡翠的出現，難免會讓人感到有些遺憾。

至於其他的，像絕世雞油黃這樣的翡翠料子，賈似道也僅僅是只有一塊，要不要直接拿出來雕刻製作成品，賈似道就顯得有些為難了。畢竟料子有限，一旦雕刻出來，日後真要是有人定製雞油黃的翡翠手鐲，要是有一個尺寸不對，要按照顧客自己的特殊要求來定製的話，到時候，賈似道又該去哪裏找另外一塊絕世雞油黃翡翠料子出來呢？

倒是那塊同樣比較少見的春帶彩翡翠料子，賈似道琢磨著，有必要的話，可以用來雕刻成一個春帶彩擺件。這樣一來，也算是為「綠肥紅瘦」翡翠店鋪增加了一點實力吧。不說是鎮店之寶，讓翡翠店鋪內多一些色彩，總歸是好的。更何況，紫色和綠色夾雜著的翡翠料子，賈似道並不認為，會比雞油黃這樣的料子更加珍貴稀少。

誰讓紫色的極品翡翠比較常見之外，賈似道的手頭，還有一塊三彩的，乃至於是一塊四彩的翡翠料子呢？

此外，被劉宇飛交易了的那塊玻璃種藍水翡翠，也是讓賈似道現在回想起來就有點心癢癢的。要是再有一塊藍水翡翠能在「綠肥紅瘦」翡翠店鋪內出現的話，賈似道所擁有的極品翡翠飾品顏色，無疑就又多了一種了。

正想著呢，口袋裏的手機就肆無忌憚地響了起來。賈似道拿出來一看，竟然是王彪打過來的，他當下接了起來，問道：「王大哥，這個時候給我打電話，是

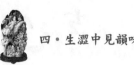

不是有什麼事情啊？」

一般情況下，賈似道和王彪的通話，大多數都是在晚上的。

「難道老哥找你，就一定需要有事嗎？」王彪在電話那頭笑著說道，「我就不能只是找你聊聊天？」

「聊天當然行啦。」賈似道應道，「不過，要是你在晚上打電話過來的話，我還能相信你是找我聊天，這會兒嘛……」賈似道笑意盈盈地等待著王彪的下文。

「你小子，真是越來越精明了。」王彪憤憤地嘟囔了一句，才很正經地說：「你前天寄過來的那件玻璃種帝王綠翡翠的觀音掛件，我已經收到了。」

「真的？」賈似道心裏一喜，脫口而出，問道：「王大哥，你看了之後，還滿意不？」

「滿意？」王彪說道，「何止是滿意啊。我剛收到東西的時候，那位買家正在我的會客室裏坐著呢。我們倆當即就一起去簽收了貨，當場就打開來看了。那質地真是沒話說，那位客戶簡直是非常滿意啊。他還告訴我，要多謝你呢。」

「嘿嘿……」聽著王彪在那邊有些語無倫次地說著，賈似道的心中，可以說是非常開心。自己雕刻的第一件作品，就能被人認可、喜歡，實在是一件快事。不過，王彪說來說去，似乎只提到了翡翠觀音掛件的質地，並沒有說到翡翠掛件的雕工，這讓賈似道在開心過後，又有些奇怪起來。

「王大哥，你該不是自己都沒怎麼看，就把東西給那位客戶了吧？」賈似道問了一句。

「看了啊。怎麼會沒看呢。」王彪大大咧咧地說道，隨後似乎是發現了賈似道問話裏的怪異，這才恍然大悟地說：「小賈，我剛想問你呢，那件翡翠觀音掛件是誰雕刻的啊？我可告訴你啊，這樣的雕刻技藝實在是太出色了。不要說那位客戶看了喜歡得不得了，就是我自己，看著都喜歡得緊呢。說不定，以後我要是有什麼需要的翡翠飾品，也要麻煩你那邊的雕刻師傅。」

「喜歡就好，喜歡就好。」賈似道笑著答了一句。

「對了，小賈，你還沒告訴我，那位雕刻師傅，你是從哪兒找的呢。」王彪笑著說，「想必你這一回是找到一位大師傅了吧？不過，說起來，我也仔細琢磨過這件翡翠觀音掛件，尤其是上面的雕刻手藝，初一看吧，感覺這位大師傅的手藝還挺生澀的，有些地方雕刻得明顯不夠圓滑。但是仔細一看，又覺得，這樣的雕刻技藝簡直就是一絕啊。如果你的翡翠店鋪裏，所有的翡翠飾品，都是這樣的雕工的話，不要說在臨海地區了，就是在全國，估計也會很快就出名了。」

「那個，王大哥，我告訴你一個消息，你可別驚訝啊。」賈似道笑著說道。

「驚訝？」王彪那邊的興奮勁兒還沒有過去呢，不由得好笑地說道：「說吧，你能告訴我什麼好消息能讓我驚訝啊？我這邊才要告訴你一個好消息，才讓你驚訝呢。那位客戶準備和你長期合作下去。我已經把他的具體的情況發郵件到你的郵箱裏了，那裏面有他的背景資料。你可要多動點心思啊，人家可是個大客戶。不過，我覺得你小子肯定能夠答應下來的。只要你招待好你找的那位雕刻師傅就好了。」

「王大哥，你就放心吧。那位雕刻師傅，我一定會照顧得很好很好的。」賈似道苦笑一下，「因為，這件玻璃種帝王綠翡翠觀音掛件，就是我自己雕刻的。」

「雕刻師傅就是一家翡翠公司的門面，你能照顧好，自然是最好的。我也就放心了。」王彪先是很客套地說了一句，隨後，待到他仔細琢磨過味來，才很驚訝地問了一句：「什麼?!小賈，你說那件翡翠觀音是你自己雕刻的？你什麼時候還會雕刻翡翠飾品了？」

一連串的問話，問得賈似道幾乎沒能插得上答話了。

而且，王彪的聲音也是越來越大，越來越激動。賈似道甚至都把手機挪到了距離自己的耳朵很遠的位置了，依舊還能很清楚地聽到王彪在說些什麼。好在，這會兒的賈似道已經把車給停到了路邊。要不然，賈似道琢磨著，說不定，就因為王彪說話一驚一乍的，就能搞出什麼車禍來呢。

也許是賈似道這邊遲遲沒有回答吧，那邊的王彪也意識到了自己的激動，他按捺住心頭的那份懷疑，聲音輕了許多，問道：「小賈，你小子還在聽吧。你可要給我說清楚，剛才的話，是什麼意思？」

「王大哥，我還在聽著呢。」賈似道聳了聳肩膀，「我剛才已經說得很清楚了啊。那件翡翠觀音掛件，真的就是我自己雕刻出來的。連你剛才也都說了，那件翡翠觀音掛件，乍一看手藝生澀得很啊，明顯就是個新手雕刻的嘛。」

「你這麼一說，倒也說得過去。」王彪嘴裏發出「嘖嘖」的聲音，說道：「不過，那種特殊的技藝，卻是不同凡響的。我在翡翠一行，也算是混了大半輩子了，這點眼力還是有的。你小子到底用的是什麼方法？」

「這個方法嘛，我可不會告訴你。呵呵……」賈似道笑著說，也許是察覺到電話那頭的王彪一愣，賈似道這才解釋了一句：「其實，即便是我自己，也不能很好地說清楚究竟是怎麼回事。而且，這方法也沒辦法教別人。要不然，我早就教自己這邊的雕刻師傅，讓他們都按照這個樣子來雕刻了，這樣一來，我也不用擔心，我即將開業的翡翠店鋪不能夠短時間內出名了。」

「說得也是。」王彪頗為認可地點了點頭。至於賈似道的解釋，說什麼這樣的雕刻技藝教不了人，王彪是不會相信的。只是，在任何行業內，都有些特殊的技藝是不會輕易示人的。王彪自然不會在這個問題上面糾纏不休：「好了，電話裏我也就不和你囉唆了，你先忙自己的事去吧。反正過上幾天，我就會去臨海了。到時候，你可要好好招待我哦。不然的話，我可不會介紹第二位、第三位大客戶給你認識。」

「那是自然的。」賈似道說道。不為王彪介紹了這麼些客戶給自己，就憑和王彪之間的交情，賈似道也會好好地招待王彪：「不過，王大哥，我們的那塊藍水翡翠怎麼樣了？」

「藍水翡翠？」王彪說道，「具體的我也不是很清楚，不過，我這邊的設計師已經開始在設計了，大致就是準備雕刻成一個大的擺件。你有什麼想法？」王彪知道，賈似道不會輕易開口詢問藍水翡翠的事情的。

「我這邊，大概在國慶期間，也就是我的翡翠店鋪開業剛過一兩天之後，就要去省城那邊參加一個珠寶展。」賈似道考慮著說道。正是因為在王彪打來電話之後，賈似道想到了藍水翡翠，這才有了這麼一問：「我琢磨著，要是你那邊時間趕得及的話，就把那塊藍水翡翠雕刻出來的擺件，也一起隨你帶過來吧，也好讓我在珠寶展上大殺四方，賺取一點名聲。」

「你小子，倒是打得好算盤呢。」王彪心裏一樂，已經明白了賈似道的打算，說道：「不過，這塊藍水翡翠之所以能競拍下來，也都是你一個人的功勞，而且，你出的錢最多，自然是你說了算了。我待會兒就去廠房那邊看看，現在究竟怎麼樣了。要是能趕得上的話，我就一起帶過去吧。」

「行！」賈似道說道，「那就麻煩王大哥你了。」

「瞧你說的！恐怕心裏正巴不得麻煩我吧？」王彪嘟囔一句，就掛了電話。

接下來的幾天，賈似道為了給新開張的店鋪增加名氣，開始連續切石，一連切出了不少頂級翡翠，其中在一塊毛料當中，居然一口氣切出了十三塊紫色翡翠料子，其中就有傳說中的「紫眼睛」極品紫色翡翠。

今後，不管是誰來雕刻這十三塊紫色翡翠料子，出名，那是肯定的。畢竟，這可是「紫眼睛」啊，是連賈似道在翡翠一行混跡這麼久了，都還沒有見過的極品翡翠呢。所以，一旦雕刻成翡翠飾品，拿出去展示的話，引起轟動，那是毫無疑問的。

問題是，這十三塊翡翠料子，任誰雕刻了之後，相互間的手藝上的差異是怎樣的，別人一眼就都能看得出來，這十三塊翡翠料子是出自於同一塊翡翠原石的。

如何雕刻這十三塊翡翠料子，把它們的價值最大化，這成為了賈似道考慮的大問題，最後經過和眾人商議，決定乾脆雕刻出一套十二生肖來。

這天中午，賈似道接到了阿三的電話：「小賈，你晚上沒事吧，我正想帶你去個地方呢。」

賈似道疑惑地問道：「什麼情況，你具體說說？」

「這事跟小馬有關，他早上的時候，聯繫了一個人，那邊說有件東西，想讓小馬幫忙看看，小馬怕自己看不太準，所以就找到了我。你看我多講義氣啊，這馬上就想到你啦……」

「哈哈，真是夠哥們，說吧，是去看什麼東西？」賈似道很適當地拍了一記馬屁說道。

「這個我也不知道，聽說是一件瓷器。」阿三琢磨著說，「聽小馬的意思，那邊的東西似乎是剛挖出來的……」

「真的？東西多不？」賈似道小聲地詢問了一句，心中卻已經決定了下來，晚上一定要陪阿三、小馬去那邊走一趟。當然，前提是小馬那邊的聯繫人，願意帶著他這個生臉一道去。畢竟，國家有規定，但凡地下挖出來的東西，都是國有的。要是拿出來賣，這種事情，一旦公開了，也是犯法的。而且，看阿三說話之前小心翼翼的樣子和語氣，恐怕那挖出東西來的地方，也不是什麼正規的地方。

但是，古玩收藏一行，這樣的事情，卻是屢禁不止的。主要還是因為，這些行當的利潤，實在是太高了。

下午的時候，阿三和賈似道碰了面，一起吃了個飯。吃完飯沒多久，小馬的電話終於打了過來。

事實上，這會兒的小馬還正在家裏待著呢，那邊的線人，也是剛剛給過他電話，說馬上就能到他家裏來，帶他過去。這邊阿三則是和小馬說了一聲，邊上還有小賈在。所幸大家都是比較熟的人了，小馬一聽到阿三的話之後，就明白過來，爽快地答應了下來。

這種時候，阿三還特意說到小賈，自然是存了想要帶小賈一起過去的意思了。

「對了，那地方遠不遠？要不要我開車過去？」賈似道看到阿三對他做了一個搞定的手勢，不由得開口問了一句。阿三會意，向小馬詢問了一聲。開始的時候，小馬或者是打算租車，又或者就是等著那位線人來了再商量的吧。這會兒賈似道一提，他自然也就樂得和賈似道開車過去了。

當即，賈似道和阿三也不多話，直接去到古玩街路口的停車場，由阿三引路，賈似道把車開到了小馬家門口。小馬家也是在這邊的老城區，路程並不算遠。兩個人一下車，還沒走到小馬家的門口，小馬就從屋裏迎了出來。這會兒的小馬，可是正敞開著大門，等著人來呢。

「來，小馬，和我們具體說說，究竟是怎麼回事？」阿三和賈似道進門之後，也沒有說什麼廢話，直接就開門見山問了出來。

「是這樣的！」小馬一邊倒了兩杯水，一邊說道：「早上大約是八點鐘左右吧，我接到了一個電話，是張三年打來的。這個張三年呢，或許小賈還不認識，但是，阿三，你應該聽說過吧？」

「嗯，有點印象。應該是我們古玩行裏的一個掮客。」阿三點頭說道。所謂的掮客，也就是人們常說的仲介人，通過牽線搭橋，賺點仲介費。

聽到阿三說自己也認識那個掮客，賈似道原本還有些懷疑擔心的心情，暫時就平復了下來。誰讓這年頭的古玩市場，真真假假，虛虛實實的事情，實在是太多了呢？要不是阿三和小馬都參與到其中的話，說不定，即便是賈似道聽到了這樣的事情，也不會興起要去參與的念頭呢。

在古玩一行，可不乏很多稍微有點熟悉的朋友之間弄虛作假的事情。

對於阿三和小馬，賈似道自然是比較放心的了。但是，對於第一個拉著小馬，進入這件事情的線人，也就是小馬嘴裏的張三年這個掮客，賈似道卻抱著很大的懷疑態度。

賈似道不是沒有在網上看到過，古玩行裏有種名叫「埋地雷」的行當，說的就是一些投機倒把的人，先將作偽的仿品，給事先存放到某個農村的某戶人家裏，然後，再以從農民手裏出手的方式，進行牽線搭橋，糊弄一些熟悉的人，進入這個圈套。

如果遇到手段稍微高明一些的集團，他們甚至還可以把整件事情在發生之前，就精心設計和策劃好。

比如，先由你熟悉的行裏人來告訴你消息，因為是比較熟悉的人，所以，你從一開始就會比較放鬆警惕。其次，再故意將東西的出處說成是來歷不明的，弄得神神秘秘的，讓你覺得這裏面可能會有機可乘、有利可圖。隨後，就是在你的耳邊，說某某在什麼樣的情況下撿漏了，或者就是吹捧一下你本人，在某個方面，比如在瓷器的鑒定上的眼力比較特別啦之類的，讓你處在一種被吹捧後飄飄然的狀態中。最後，就是輪到你去看貨的時候，在環境方面事先做一些安排，比如燈光比較昏暗，在你上手仔細觀察東西的時候，旁邊的人有意無意地同你攀談，轉移你的注意力等等。

在如此精心的設計之下，整個交易過程又是在極短時間內就需要完成的，你的注意力不集中，自然是無暇看出仿製品的破綻了。而且，如果是第一次面對這樣環環相扣、計畫周密的詐騙，想不上當都難。

「那個掮客張三年，和我的關係還是比較熟絡的，以前他也幫我聯繫過幾回生意。不過，那都是一些小玩意兒，價值不大。我收上來，也是轉手就拿到古玩街的地攤上去出售的。」小馬說道，「這樣的行當，雖然賺得不多，但也至少能維持生活。不過，這一次的消息，我卻知道，要是事情真如他所說的話，以我的經濟實力，肯定是吃不下來的。」

說到這裏，小馬才歎了口氣，似乎有對自己財力不足的懊悔，又有一些感歎這次機遇的難得。總而言之，賈似道琢磨著，這個時候的小馬，心中的滋味，應該是五味雜陳吧？

而阿三和賈似道聽到這裏，很默契地呼出了一口氣，隨即還對視了一眼，神情都開始變得嚴肅了許多。真正的好戲，從這裏，才算是剛剛開始呢。

兩個人都頗為期待，小馬能說出些什麼特別的消息來。

「早上他打電話過來的時候，只是和我提了一個頭。」小馬說道，「因為張三年為人並不壞，我和他除去生意上的往來之外，平時也會在一起聚一聚。他也算是比較瞭解我現在的經濟狀況吧。說白了，其實他跟我都差不多。我唯一比他強一點的，就是我的手頭還有點小本錢，還能在古玩街這邊擺個地攤，混口飯吃。而要是真想在短時間內，湊出一筆錢來的話，多少也能拿出來一些。」

「等等，你的意思是說，他原本並不想讓你去看貨的？」阿三不由得皺了皺眉頭，「那豈不是說，他那邊除了你之外，還聯繫了其他很有實力的買家？」

如果是這樣的話，阿三和賈似道對於接下來可能會發生的狀況，就要好好地籌畫一下了。就像待會兒要是遇到了熟悉的同行，要怎麼辦；要是那邊的東西開門到代，雙方爭搶起來，又要怎麼辦……這可不僅僅是事前協調好了，就能解決問題的。

「沒有！」小馬搖了搖頭，很肯定地說道：「我剛得到這個消息的時候，張三年就和我說過，第一個告訴的就是我。不過，他的本意是向我借錢，我想，他可能是見過那邊的東西了，琢磨著東西挺不錯的，想要自己收下來吧。」

「這就好。」小馬的話，無疑讓阿三和賈似道都鬆了一口氣。

「我得到消息的時候，第一個想法，其實也和張三年的想法一樣，想要自己把東西給盤下來。」小馬倒是絲毫都不避諱自己心中所想，頓了頓，恢復了一下自己的情緒，才接著說道：「不過，據說那些玩意兒中，有一件是罕見的玉壺春瓶，價值不菲。我當即就感覺到，這回可能是出大東西了。所以，我就和張三年提了個醒，先自己捂住了這個消息，然後，再讓我這邊來想想辦法。」

「那你該不是沒有和他說過，我們會一起去吧？」賈似道看了小馬一眼，問道。

「怎麼可能呢。」小馬說道，「我能籌出來的錢，肯定不會太多。不怕現在就實話告訴你們，也就是三五萬塊錢而已。到時候即便是要出手，也只能弄點小東西來過過癮了。或者就是看看，有沒有什麼好的機會撿漏。而張三年那邊，聽他的口風，似乎最近這陣子比我還要窮。也不知道他整個下午的時間裏，究竟能不能籌到足夠的錢回來。」

說到這裏，小馬還有些歎息，看了阿三和賈似道一眼：「而且，我和阿三通過電話之後，也和張三年提過。他當時說，到時候只要按照行規，給他一些好處費，他那邊就沒問題。不然的話，我也不能喊阿三過來不是？」

「呵呵。」阿三笑了笑，捶了一下小馬的肩膀，說道：「小馬，你介紹的生意，肯定不會有規矩上的問題。」畢竟，小馬也是行內人，有衝突和矛盾的事情，是不會給自己的朋友介紹的。當然了，那種成心想要宰朋友一頓就走人的，屬於例外。

賈似道從口袋裏掏出煙來，每個人分了一根，一邊抽著，一邊說些古玩行裏的事情。

正說著呢，小馬的手機就響了起來。

三個人不由得當即就停止交談，賈似道和阿三兩個人，還有意無意地看著小馬。小馬從容不迫地拿起手機，看了看來電顯示，對兩個人點了點頭，這才接起電話，說道：「喂，張三年，我這邊準備好了，你那邊呢？」

「我？」電話的聲音不小，賈似道和阿三都隱約可以聽見一個似乎挺鬱悶的聲音：「我這邊自然是沒問題了，就是哥們我自己沒籌到錢，實在是可惜了。對了，你現在在家裏？那個大客戶呢？」

「都在我家呢。」小馬說道，「他們一共兩個人，是一道的。」

「哦，兩個人啊，既然是一道的，就沒什麼問題了。是不是決定了，這會兒就過去啊？」對方說道，「你跟他們說，讓他們把錢準備好，我馬上就過來了。」

「成！」小馬應了一聲，「對了，張三年啊，我們這邊有一輛車，要是沒問題的話，你直接搭車過來就可以了。」

掛了電話之後，小馬臉上洋溢著一絲笑意，對阿三和賈似道問道：「怎麼樣，兩位是帶著錢過來的，還是現在回去取？」

「現在去取吧。」阿三看了賈似道一眼，兩個人點了點頭。當即，阿三就拉著賈似道，開著車，到了阿三的家裏。要知道，這個時間段，銀行都已經下班了。即便可以去取錢，也取不出多少了。

「阿三，我這邊就不帶著錢了。」賈似道說道，「要是到時候看到喜歡的東西，對得上眼的話，錢款就先從你這邊挪用一下吧。東西當做是我收下的，錢你先給墊上，到時候我直接給你開支票得了。」

「沒問題！」阿三點了點頭。自己人之間，可以用支票，即便不用支票，阿三估計也能點頭答應下來。誰讓賈似道準備的時候，比較倉促呢？賈似道之所以提出支票來，阿三想也沒想就答應下來，倒不是說阿三信不過賈似道。而是，但凡和收購古玩藏品這種交易沾邊的，在錢財上，還是分得清楚些為好。阿三收下賈似道的支票之後，到時候不管上到哪兒去說，賈似道喜歡的、看中的東西交易成功之後，賺了也好賠了也罷，都和他沒有任何關係了。

當兩個人重新回到小馬家中的時候，張三年已經到了。四個人簡單地相互認識了一下，其實，主要也就是賈似道和張三年之間比較陌生而已。然後，四個人一起坐進了賈似道的車裏，張三年坐在副駕駛座上指路，賈似道開車，一路往北面方向開過去。

說起來，張三年也是擔心得很，自己掌握的這個消息，要是被別人給提前透露了出去，那他就得不償失了。所以，既然他自己沒有辦法把東西給全部收下來，那麼，把東西給介紹出去，賺點仲介費，也是個不錯的選擇。拖的時間久了，有可能他就什麼都撈不到了。

於是乎，賈似道開起車來也是速度飛快，生怕到手的生意被別人給搶了去似的。約莫前行了一個多小時，從開始的省級道路，到縣級道路，再到鄉下的柏油小路，一直到最後的鄉村顛簸的石子小道，待到天色都有些暗下來，汽車才駛進了一個小村子。

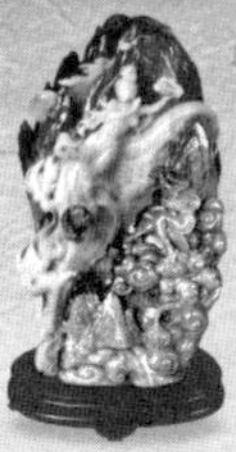

第五章

圈套？

賈似道抑制不住內心的驚訝，
臉上的表情，都變得有些蒼白。
一個遏制不住的想法，浮上他的心頭：
白玉佩那件東西，無疑是劣質的，
那麼，眼前這件玉壺春瓶呢？
整個事件是不是設計好的圈套呢？

下了車之後，賈似道打量著這地方，應該是出了臨海縣的縣界，到了相鄰的縣城了。整個村莊看上去也不是很大，在地理位置上，還算是兩個縣城的中間地帶。站在村頭這邊，就能把整個村子一眼看盡。

「走吧，就在前面，大概百來米路。」張三年說道，自己率先走了過去。

所幸已經天黑了，村口的地方，站著或坐著的人並不多，只有幾個老人在那裏乘涼、聊天。看到賈似道一行人，好奇是好奇了，卻也不會多嘴說些什麼。這些老人，一般要是沒有人去問的話，是頗為懂得人情世故的。

再看張三年埋頭就往村子裏走的架勢，恐怕這些老人也會在心裏揣測著，張三年一行是來看望什麼人的吧？

一行人到了一戶農家的屋內。從外面來看，屋子很舊，在屋子邊上還有一些菜地，以及比較整齊地圍繞著菜地邊沿的一棵老樹堆起來的稻草垛。此外，賈似道還注意到，這個村子裏的房子，幾乎在每家的房子後面，都有一個用圍欄、土牆圍起來的院子，用來種點蔬菜，或者就是用來堆放一些東西。至於屋子裏的傢俱，大都以木質為主。

房主是個四十來歲的中年漢子，自稱姓胡，在他的邊上還站著兩個人。其中一個是房主的妻子，模樣比較普通，屬於那種站在人堆裏就一時間找不出來的那種，臉上也已經留下了不少歲月的痕跡。

見到賈似道一行人進來，顯然是知道接下來要做什麼事情，她的神情顯得有些緊張。賈似道注意到，在短短的時間裏，她就看向她的丈夫好幾次。另外一個，則是張三年在本村的一個朋友，名字叫李偉軍，外號叫「李狗」。

眾人先是相互介紹了一番，然後一陣寒暄，隨後，賈似道才明白過來，正是因為有了這個李狗，張三年才能在第一時間掌握這個消息。要不然，到了這麼個地方，賈似道都要懷疑起張三年究竟是怎麼聽到消息的了。

而這個李狗，能在戶主這裏等著，倒是頗有點專業掮客的意思，就跟張三年一樣，李狗是屬於專門在這邊把風的，以防止其他掮客帶著客戶到這邊搶生意。

賈似道和阿三打量了整個屋子之後，便直奔主題，讓戶主把東西拿出來看看。

戶主名叫胡春，他點了點頭，給邊上的妻子使了個眼色。他的妻子自然是匆匆地去把大門給關了起來，還特意插上門閂。而胡春自己，則一個人到了樓上，約莫過了一分鐘，就見他提著一個麻布袋子走了下來。他將袋裏的幾件東西一一取了出來，放在屋子中間靠牆的一張桌子上。

賈似道、阿三和小馬，當即就湊上前去，仔細察看起來。

其中果然有小馬提到過的玉壺春瓶。此外，還有幾件東西，依次擺放在玉壺春瓶邊上。一個個頭兒比較大的陶盆，灰不溜秋的，看著倒像是老舊的東西；一個淺綠釉的瓷罐，暫時也說不上究竟是什麼成色；一塊「鐵疙瘩」，如果不是上面還隱約有些紋飾的話，賈似道都會覺得這玩意兒純粹就是用來蒙人的；還有一枚小的乳白色玉佩，模樣倒是比較精巧。

和三個人各自所擅長的古玩類型有關，阿三第一個去察看的是那件最為吸引人的玉壺春瓶，而賈似道則挑選中了最小的也是最為精緻的白玉佩，至於小馬，這會兒他倒是察看起那塊鐵疙瘩來。

讓賈似道有些驚訝的是，這一枚白玉佩雕工竟然非常精湛，暫且不說白玉的質地，在雕刻的手法上用的是圓雕，整體佈局比較精巧。這枚玉佩的大小，約莫有五釐米長，兩到三釐米寬，至於厚度，則比較輕薄。

正如賈似道第一眼看到的那樣，白玉佩拿在手中，隱隱有一種光澤。上面有一條沖天而起的白龍，張牙舞爪的，龍身上的鱗紋也隱約可見，還有幾朵祥雲圍繞在龍爪邊上，龍非常俊逸地飄飛著，顯現出幾分靈氣來。再看玉質，比較潔白，雖然比不上羊脂白玉那樣的觸感，卻也算得上是比較不錯了。

不過，這件東西，真的就是古代的白玉佩嗎？

賈似道琢磨著，既然是白玉材質，那至少也應該和翡翠的差距不大吧。對於翡翠的質地，賈似道可以用特殊感知能力來清楚地辨別，那麼，對於眼前這枚白玉佩，是不是也同樣可以呢？

想到就做，賈似道把玉佩轉到了左手上，開始慢慢地集中精力，讓自己的特殊感知能力一點點地滲透到玉佩內部去。忽然，賈似道的眉頭就是一皺。隨後，賈似道還把手中的白玉佩對著屋內的燈光照了照，他不知道說什麼好了。

這枚玉佩的雕刻工藝倒是很不錯。想來，雕刻的人應該花費了不少的工夫和心血。但是，其材質卻實在是比較一般。倒也不是說，用的就是作假的其他材質像玻璃之類的東西來湊數的，這枚玉佩的材質，的的確確是屬於玉的，只不過是通過染色得來的罷了。

要不然的話，賈似道實在是想像不出來，一塊質地比較低劣的玉石，怎麼就會像現在看上去這麼白淨和純潔呢？

「怎麼樣？」看到已經過了不少時間了，張三年作為仲介人，這會兒自然是希望交易能夠完成了，要不然的話，他的收益無疑會受到影響。

「讓我們再琢磨琢磨吧。」阿三神情比較嚴肅地對張三年說道。隨即，阿三扯了扯賈似道的手臂，示意兩個人找個角落單獨聊一聊。這也是允許的，畢竟，在小馬介紹阿三和賈似道的時候，是說的兩個人合夥的。這麼一來，不管阿三是不是看中了東西，找賈似道合計一下，也是很正常的事情。

賈似道不由得放下了手裏的玉佩，跟著阿三一起，走到屋子的一個角落裏，小聲地嘀咕起來。阿三先是問了一句：「小賈，你對於玉器的東西比較在行，不如你先說說，你看的那件東西怎麼樣？」

賈似道微微地搖了搖頭，他隨即發現，這會兒，兩個人之間的交談，屋子裏的其他幾人都在眼睜睜地看著呢。不要說是屋主胡春了，就是張三年，這會兒也對阿三和賈似道翹首以待。

賈似道那輕微的搖頭動作，一下就讓胡春的臉色陰沉了下來。

所以，賈似道也開始學乖了，不再做一些肢體語言，而是直接湊到阿三的耳邊，小聲說道：「這塊玉佩的雕工還不錯，就是材質太差了，應該值不了什麼錢的。要是小馬有興趣的話，倒是可以收過去玩一玩。」

「那就是說，東西是老的嘍？」阿三有些奇怪地看了賈似道一眼。

「怎麼說呢，對於玉器的年代，我還是不怎麼看得出來的。」賈似道說，「你也知道，我比較擅長的是翡翠這方面，而且，尤為重要的是，在翡翠原料這一關，也就是賭石上，運氣還不錯。要是論到翡翠的雕工，以及雕刻的年代什麼的，我就和一個普通的收藏愛好者沒什麼區別了。」

「說得也是。」阿三苦笑了一下，「不過，我看的這件玉壺春瓶，還真的是有點棘手啊……」

「東西對，還是不對？」賈似道小聲問道。

「你自己去看看就知道了。」阿三諱莫如深地說了一句。看來，阿三自己也不是很肯定。要不然，以阿三的個性，斷然不會如此猶豫。再者，既然阿三都打算從賈似道這邊的玉佩來側面印證一下自己的判斷是對還是錯了，賈似道估摸著，這件玉壺春瓶是做舊的可能性還是比較大的。

只是，從賈似道察看的白玉佩來看，東西是有做舊的可能性，卻又不是很大。這樣一來，倒是讓賈似道有些迷糊了。這究竟是一個圈套呢，還是一次撿漏的機會？

兩個人回到木桌子邊上的時候，阿三對張三年和胡春說了一句：「還是讓我再看看其他幾件東西吧。」

「也好。」張三年點了點頭。胡春這會兒臉上的神色依然不太好看，不過，對於阿三的提議，倒也沒有多說什麼。反正，到最後，不管阿三會不會收購，他只要自己咬住東西的價格就成了，倒是不會有什麼損失。即便阿三不買，也就是浪費他一個晚上的時間而已。

「小賈，你們商量得怎麼樣了？有結果了嗎？」當賈似道開始察看起玉壺春瓶的時候，邊上的小馬看到賈似道和阿三竟然這會兒換了個對象察看了，賈似道察看瓷器，而阿三則看起了玉器。這樣的景象，倒是在對兩個人知根知底的小馬眼中，覺得頗為有趣。小馬不由得就湊到賈似道的邊上，小聲詢問起來。

「呵呵，小馬哥，你自己看的東西呢？怎麼樣了？」賈似道倒是不急於回答，而是反問了回去。

「我看到現在，也沒看出個名堂來呢。」說到他察看的東西，小馬就一臉苦澀。連東西都看不明白，他這樣的小販，又怎麼敢狠下心來出手呢？最多在臨走之前，看看有沒有機會以極為低廉的價格從胡春的手中收下來。

「那你不妨也看看其他東西唄。」賈似道倒是覺得自己的心態還是擺得比較平的。

「哦？」倒是小馬在聽到賈似道的這句話之後，有些詫異地看了看桌子上擺放著的另外幾件東西。賈似道先是微微一愣，隨即拍了拍自己的腦門兒，有些醒悟過來，他剛才這句比較隨意的話，似乎是在潛意識裏，說明了他和阿三之間的討論結果，是屬於比較拿不準的狀態吧？不然，賈似道又怎麼會建議小馬去看其他東西呢？

以賈似道的性格，如果能確定這批東西是做舊的，自然是立即走人了，如果能確定東西是真的，或者是在這邊裝裝樣子，以便接下來砍價，或者就是直接詢問價格了。怎麼說，都不會讓小馬自己去察看其他東西。

小馬不愧是在古玩街混跡的人，察言觀色的能力要比賈似道強得多了。

也許是得到了自己想要的答案，小馬也不著急了，先是朝著桌面上的那兩件至今還沒有誰特別留意過的陶盆和瓷罐看了看，隨後，伸出手去，把那件灰不溜秋的陶盆拿了過來。

對此，賈似道也是微微一笑。

賈似道再看自己手中的這件玉壺春瓶，有種讓人眼前一亮的感覺。在高度上，也是頗為可觀的，大約有二十釐米左右，瓶口的口沿有些外撇，細長的頸，有溜肩，碩腹微微有幾分下垂，圈足，也就是底足部分比較寬矮，底面部分施的是白色釉，上面沒有任何款識。

此外，口沿部分外撇的地方，繪著一圈卷枝紋飾，頸上半部繪有六片細瘦的蕉葉，下半部分則有回紋和水紋的裝飾帶，腹部繪著纏枝山菊花，花朵呈現橢圓形狀，花葉茂盛而飽滿，賈似道打量著，感覺還有點螺絲狀，很有韻味。在最底部的圈足邊上，也有一些卷葉紋的邊飾。

這樣一個玉壺春瓶，從種種表現來看，都應該是元末明初的風格。如果東西是對的話，其價格自然不菲。

賈似道的腦海裏，不由自主地就浮現出有關元末明初的玉壺春瓶的資料來。真正的元末明初的景德鎮官窯玉壺春瓶，它的造型其實就像它的名字一樣優美，用書上的話來說，那就是形制敦實而厚重，又不失靈秀，造型曲線由口至底順暢而自然，完全是一氣呵成。

玉壺春瓶的撇口、細頸、垂腹都是在手工拉坯的瞬間，依靠工匠的感覺來完成的，要在快速旋轉的陶輪上，將未乾的泥胎拉坯成型，完全憑藉匠師的精湛技藝。而製出的成品，大同小異。就玉壺春瓶來說，有的高大，有的矮小，有的肥闊，有的瘦細，但是總體造型是一致的，屬於同一種模式，同一種風格，也沒有太多差別，這就是時代的造型和風格。

正因為如此，賈似道看著眼前的這件玉壺春瓶，才會從造型上來判斷，應該是屬於元末明初時期的。當然，這也僅僅是初步判斷而已。具體是不是那個時期的瓷器，就還需要認真察看一番了。

但是，瓷器一行，真正鑒定一些高仿的作品，以賈似道現在的眼力，還是非常困難的。難道要用自己的特殊感知能力去嘗試一下？賈似道的腦海裏忽然閃現過這個想法的時候，都被自己的異想天開給嚇了一跳。

不過，既然都已經想到了，現在，這件玉壺春瓶又拿在自己手上，那麼，用特殊感知能力來嘗試一下，又有何妨呢？至少，賈似道曾經也是用特殊感知能力，特意感受過不少瓷器的。不管是那些收集起來的碎瓷片也好，家中的現代瓷碗也罷，都嘗試感受過。

只是特殊感知能力的結果，讓賈似道有些笑不出來了。即便如此，賈似道也做過總結。比如，不同年代，尤其是相隔距離比較遠的年代，就好比漢代的碎瓷片和明清時期的碎瓷片，在特殊感知能力的探測下，所顯現出來的感受，絕對是完全不同的質地感觸。

至於眼前這件元末明初的，賈似道就不是很確定了。好在，通過特殊感知能力的探測之後，讓賈似道對驀然出現在腦海中的這種觸感，有了一點點熟悉的感覺。難道是自己以前也探測過元末明初的瓷器嗎？

賈似道有些想不起來，自己什麼時候收集到過元末明初的瓷器了。或者，就是在碎瓷片堆裏，有過這樣年代的瓷器碎片。只是，當賈似道的特殊感知能力逐漸滲入到整件瓷器胎質內部的時候，突然出現的幾條裂紋痕跡，卻著著實實地讓他震驚了。

竟然是修補過的！

賈似道有些抑制不住自己內心的驚訝，幾乎連臉上的表情，都開始變得有些蒼白了起來。一個遏制不住的想法，浮上他的心頭：白玉佩那件東西，無疑是劣質的，那麼，眼前這件玉壺春瓶呢？整個事件的過程，是不是一個設計好的圈套呢？

賈似道下意識地看了胡春和他的妻子一眼，又看了看張三年和李狗，以及小馬、阿三。前面的那幾個人，這會兒正在屋子的一頭，坐在那裏談天，時而往這邊的桌子瞅上一瞅。而小馬和阿三，這會兒自然還是在察看著各自手上的東西。以現在這樣的情況而言，賈似道卻也不覺得，胡春這些人會是故意設計好了圈套，等著他和阿三跳下去。不過，都說人心難測，誰又能保證，胡春等人這會兒的表現，不是故意做作呢？

賈似道歎了口氣，收回自己分散開來的注意力，繼續在手上的玉壺春瓶上探測著。然後，在腦海裏浮現出整個玉壺春瓶的內部景象。有一些細微的裂紋，把整個瓶子分裂成了七塊，大小各異。只不過是因為修補的技術很不錯，從表面上來看，一點兒都看不出來有碎裂過的痕跡。

更為重要的一個資訊就是，這些小塊的碎片，在質地的感知上都比較相似，可以說，以賈似道對於瓷器胎質的感應敏銳程度而言，是分辨不出來有什麼大的差異的。這麼一來，無疑說明，這件玉壺春瓶，暫且不管是老的還是新的，都是一個完整的整體碎裂之後修復回來的，那是肯定的了。

要是新的瓷器，又是修補過的，自然是一文不值了。但要是元末明初的官窯玉壺春瓶，即便是碎裂了修補過的，能修補到如此完整的程度，也實在是不可多得了。只要價位合適，賈似道琢磨著，自己也可以把這件玉壺春瓶給拿下來呢。

「對了，胡大哥，這些東西是怎麼來的啊？」賈似道轉頭的時候，看到胡春剛好看過來，便隨口問了一句。本來他也沒指望胡春老老實實地回答，沒想到，對方卻很快給出了答案。

「挖出來的。」說完，也沒見胡春有什麼激動的表情，好像他的臉上永遠都是這麼一副表情一樣。只有在見到阿三和賈似道把手裏的東西看了又看，還沒有想購買的欲望，把東西給重新放到桌面上的時候，胡春的臉上才會流露出幾分不高興的神情來。

「挖出來的？」賈似道自然是知道眼前這些東西都是挖出來的了。不過，從什麼地方挖出來的？挖出來的時間多長了？卻是賈似道希望知道的。說不定，有了這些資訊之後，賈似道就能判斷出眼前這些東西的真偽來呢。

「是啊。」胡春有些沒好氣地說了一句，「從我自家後院裏挖出來的。我說，你們看了這麼久，有沒有決定買啊？」

「老哥，老哥，您可千萬別著急。」邊上的李狗，也許是和張三年走得比較近，見過一些世面，勸說道：「他們看得越仔細，就說明這些東西的價值越高。您想啊，您平常買東西的時候，如果是幾千幾萬的，是不是得看得仔細一些啊？」

「也對。」胡春琢磨著點了點頭，轉而對賈似道三人說：「那你們慢慢地看仔細些吧。不過，講價錢的時候，可別欺負我是老實人，到時候都是一口價，沒有還價的餘地。你們可以放心，我絕對不會開出太高的價格的，就跟他第一次過來時問的一樣價格。」

賈似道聞言，不禁有些苦笑，也不多作辯駁。所謂言多必失，從這幾句話裏，賈似道總算知道了，張三年的確是有心想要自己收下這幾件東西，卻因為價格的問題，或者就是資金上的問題，而沒有得逞。

至於胡春的開價，賈似道大有深意地看了邊上的李狗一眼。或許，到現在為止，這些人裏面，最琢磨不透的就是他了吧？另外，胡春在說到自己要開價的時候，下意識地看了李狗一眼。

這讓賈似道推測著，這些東西，是不是李狗和胡春一起發現的呢？或者就是胡春比較信任李狗，以為李狗比較懂行，從他的嘴裏，已經初步瞭解到了這些東西的真實價值了。當然，這所謂的「真實」價值，是以李狗的鑒定能力給出來的。到時候，究竟會是什麼價位，還需要等到賈似道和阿三、小馬最終確定下來要不要收東西，才能夠詢問。

要不然，沒有一點購買意向，就隨便開口問價的話，對方一答應下來，到時候，你即便是不想買也不行了。

不過，在胡春說的所有話中，賈似道最為驚喜的就是，胡春直言不諱，說這些東西是從自家後院挖出來的。這讓賈似道心裏很好奇，不由得就問了一句：「既然是自家後院挖出來的，那麼，能不能帶我們去那裏看看呢？」

恐怕不止賈似道，就連阿三、小馬，甚至是張三年等人，也是頗為意動的吧？

「那這些東西呢？」胡春倒是不覺得帶幾人去自家後院裏看看有什麼不可以的。他指了指桌面上的這幾件東西，詢問賈似道幾人是不是不要了。如果這個時候，賈似道說一聲「這些東西不要了」，說不定胡春就不會帶眾人去後院了。

「這幾件東西，不妨等我們回來之後再談，怎麼樣？」阿三插口說道，「只有看了它們被挖出來的地方，我們才能更準確地判斷出這些東西的真偽以及價格。」

「那好吧。」胡春點了點頭。隨後，讓自己的妻子把後門給打開，至於燈，因為在後院裏，又是在小村莊中，不用想會有那玩意兒了，賈似道幾個人，也不能強求。而且，胡春也說了：「待會兒出去的時候，大家小點兒聲，不要鬧出太大動靜來。」

「嗯。」賈似道率先點了點頭。如果動靜大了，不要說胡春不樂意，就連賈似道幾人，也會覺得有些麻煩。於是，一行人魚貫通過房子後門，來到後院裏。大家的臉上雖然洋溢著好奇，但是，表現卻好像一家人一樣，賈似道這些外來人員，都是前來探親的，說著一些不著邊際的問好的話。

這樣一來，即便路過的一些村民聽到了他們的一些話，也不礙事。

「看來，還是阿三你有經驗啊。」不用說，這就是阿三在臨出門的時候提醒大家的，眾人也都能理解。尤其是胡春，為此露出一個感激的眼神，隨後，更是讓自己的婆娘倒幾杯水出來。

一時間，胡春家的後院裏，倒是熱鬧起來了。

如果真的如胡春自己所說，在後院裏偷偷摸摸的，一點都不敢發出聲音來的話，反倒容易引起別人的注意了。

賈似道打量了一下後院的環境。乍一看去，竟然有些蕭瑟的感覺。這地方雖然是後院，但也僅僅是跟「院落」有些搭邊而已，周圍的牆坯並不是很高，而且還有些殘破。

倒是這會兒將近十月時節，一些綠色雜草還能從牆角的縫中使勁鑽出來，顯示著生命的氣息。此外，就是胡春自家在後院裏種著的一些作物，倒也有幾分綠意。

賈似道的目光在整個後院轉了一圈，最後落在一處牆角邊上。除去種植著農作物的地方，土地有翻新之外，整個院子裏也就只有那一處的土地還有翻動過的痕跡了。只是，這會兒，在那地方卻有一棵榆樹，枝條比較粗。十月的季節，並不適合樹木的移植吧。猛然間看到這棵榆樹的時候，賈似道的心頭就有些肯定，胡春所說的挖掘的地方，應該就是這一處了。

不過，胡春雖然是一個看著比較老實的中年漢子，心眼兒卻也是比較活絡的。移植的這棵榆樹，明顯有了一定的年頭，而且，還僅僅是一截木樁子，就這麼比較隨意的斜斜地種在牆角。如果光是看榆樹的根部，那虬根錯節的模樣的話，還真有幾分藝術的感覺。

賈似道心裏感歎著，不送去製作成根雕，實在是有些可惜了。

「就是那地方吧？」小馬指了指老榆樹根生長的地方，有些感慨地說：「還真是個好地方呢。」就在榆樹的邊上，還有一些殘瓦破磚頭，看上去，即便是經過了胡春的掩飾，這地方和邊上的一些牆角處，也還是有著一定區別的。

「當時，在挖出東西來的時候，究竟是個什麼樣的情況？」其實，賈似道很想問的是，挖掘的過程中有沒有發現什麼特別的東西。不過，想了想，又按捺住自己心頭的好奇，把這個問題給咽下去了。

畢竟，以胡春的個性來看，在發現有古董之後，肯定會把那一片地方都給掘起來，仔細察看一番。一時間，賈似道的腦海裏，就閃現出一幅月黑風高的夜晚，胡春獨自拿著鋤頭，在後院的牆角處奮力挖掘的畫面來。

說不定，這個時候在場的不少人，腦海中都出現了這樣一個畫面呢。而且，賈似道可以肯定的是，眾人的心中，這會兒還會在肆意地遐想著，這樣的機會，怎麼就沒有落到自己的身上呢？親手挖掘古人的財物，親自體會這麼一番別致的風情，可不是誰都能經歷的。

「也沒什麼特別的情況吧。」胡春回憶了一下，「前陣子，我只是想要在這邊種點東西，就拿鋤頭挖了一下。結果，就挖出了一個陶盆來，在陶盆的下面，就是那只瓷罐了，至於那件玉佩，是裝在瓷罐裏的，還有那個漂亮的瓶子，也是在陶盆的覆蓋下，是單獨擺放著的。另外，我挖了好久，範圍鋪得很大，又挖到了一塊鐵疙瘩，其他的，就沒有什麼特別的東西了。」

「也就是說，那個瓶子啊，陶盆啊，全部都是緊密地埋在泥土裏的嘍？」賈似道問道。

「是這樣的。剛挖出來的時候都是泥。」胡春說，「我還讓我家婆娘小心地洗過的。」

「嗯。」賈似道點了點頭。他自然是可以看得出來，這些東西是洗過的。不過，從胡春的話中，賈似道卻也得到了自己想要知道的資訊。他隨意地走到榆樹邊上，蹲下身子，用手輕輕地撚了撚這裏的泥土，感受一下這裏的潮濕程度。

阿三則問了一句：「胡大哥，你住在這地方多長的時間了？以前就沒有在後院裏挖過這一塊地方？」

「我爺爺那一輩的人就開始住在這裏了。」胡春很乾脆地說道。以他爺爺的年紀，要是還健在的話，估計也差不多有百來歲了吧?也就是說，如果胡春的話全是實話，那他們這一家子，住在這間房子裏，至少也應該可以追溯到幾十年前了。胡春又說：「至於這個角落，以前是用來拜香的。所以，也沒有想到要去翻土。」

「拜香？」賈似道仔細地看了看這地方，還真是有些痕跡。在牆角的部分，有著一些煙熏的痕跡，時間應該比較久遠了，這一點，倒不像是做舊的。而且，賈似道的內心裏，已經可以確定，桌子上的那些東西，是從後院裏挖出來的，應該錯不了。

所謂的「拜香」，也是臨海這邊的一個土話說法。賈似道記得，自己的老家，一旦到了什麼節日，像中秋啊、清明啊，或者是冬至、除夕之類的時節，家裏人就都會弄點好吃的，請財神、土地公等等。

這個時候，除了在家裏擺上一桌酒菜之外，還會在門口特地弄出一小塊地方，用來點香和蠟燭等東西，還要燒一些用黃紙折疊起來的「金元寶」、「金條」之類的。在一些農村，尤為看重這樣的習俗傳承。

這「拜香」的地方，都需要挑個好一點的方位，特意選擇一下呢。

當然了，胡春家的後院，說是後院，其實也還是有一扇大門的，只是那大門關上和不關，也沒什麼太大區別。這「拜香」的地方，就在大門的邊上，也算是一個比較合適的地點了。

眾人又隨意地在後院裏轉了一小會兒。賈似道和阿三則再度聚到了一起，小聲地討論起來。

「不知道你有沒有仔細地看過那件玉壺春瓶，款式什麼的，問題都不大。」賈似道說，「不過，我懷疑，那件東西是老仿的可能性比較大。看著總覺得有點不太對的感覺。開始的時候，我還以為是自己的眼力不到家呢，後來才覺得，也許是因為修補過，或者就是清朝、民國時期的工匠刻意仿製的吧。總之，技術非常高超。如果價格合適的話，倒是可以收上手來。」

「老仿？」阿三有些驚訝地看了賈似道一眼，這「老仿」和「仿製」之間的差距可是非常巨大的，很明顯，阿三還沒有想到這個方面呢，他不由得開口問道：「難道說，那件玉佩也存在這樣的問題？」

「白玉佩？」賈似道笑了笑，「呵呵，你什麼時候還研究起玉佩來了。那玩意兒，質地上不怎麼樣的，我對它的興趣不大。倒是這件玉壺春瓶，你要是覺得不合適的話，可以讓給我來收。但是，我可事先說好了啊，要是對方要價太高的話，我也不會當個棒槌的。」

「難道你就這麼看好這件玉壺春瓶？」阿三有些不太相信地打量了賈似道一眼。

「不是我非常看好這件東西。」賈似道琢磨著說，「而是說，你要是不要的話，我可以以比較低的價格把它給收上來。」他一邊說著，一邊再看向阿三的時候，神情也有些揶揄。不過，在賈似道的內心裏，還是比較確定這件玉壺春瓶的成色的，只不過因為出現修補的跡象，所以感覺在收藏上價值不是很高而已。

不過，要是賈似道收上來之後再出手的話，想必還是可以賺到不少錢的。

第六章

老仿的收藏價值

「老仿」，是指行家口中的「老東西」，
意思是說，東西不是現代人製作出來的，
但和東西品相上顯現的年代，又有一定的差距。
比如說這件玉壺春瓶，器型是元末明初的，
但可能是清朝或者民國的一些瓷器製作者
模仿元末明初的玉壺春瓶所製作出來的。
這樣的東西，自然還是有收藏價值。

古玩一行就是這樣，不是去騙人，就是被人騙。把一件老仿的東西，出售給一些古玩市場上的愣頭青，或者是新手，也不是什麼丟人的事情。既然要玩古玩收藏，憑的就是各自的眼力。

賈似道可不會直接告訴阿三，這件東西是修補過的，畢竟，即便賈似道說了，阿三也不一定就會相信。難道賈似道還能用自己的特殊感知能力去向阿三證明？

「哎……」阿三卻歎了口氣，小聲說道：「我只是覺得有點奇怪而已，似乎這件玉壺春瓶的模樣，有些不太應該是這個樣子啊！」

「不是吧？」賈似道有些疑惑地問道，「你看出哪裏不對頭了？」

「我也不太說得準，就是一個感覺。」阿三說話時，看上去似乎是有些敷衍。而邊上的賈似道卻不會認為，阿三是故意想要隱瞞些什麼。

有時候，在古玩鑒定中，終歸還是需要依靠一個人的直覺的，倒不是說，所有的古玩都必須要依靠直覺才能判斷鑒定，但是，也不是所有古玩都能依靠書本上的知識，就能完全判斷出來的。

一個人的直覺，不一定就完全準確。但是，有了不好的直覺之後，還肆無忌憚地開價出手，那就是傻子了。

賈似道看了看阿三，琢磨著，是不是因為玉壺春瓶修補過之後，並沒有出現什麼差錯，但是，又因為的確是修補過的，這對於一個在瓷器上非常有見地的行家而言，過於完美，也是一種懷疑。

賈似道唯一還不夠肯定的是，以阿三的眼力，似乎不應該具備了這樣的能力啊？要知道，即便是衛老爺子，也不一定在鑒定瓷器上有如此見地呢。

「對了……」賈似道忽然一拍自己的腦門兒，對阿三說道：「你是不是覺得，這件玉壺春瓶上的侵蝕痕跡太過明顯了？」這可是賈似道在最初看到這件玉壺春瓶的時候，自己的腦海裏也產生過的疑問。這會兒見到阿三皺著眉頭思索著，倒是讓他好奇地問了出來。

「對，對，對，就是這個原因。」阿三眼神不由得就是一亮，「我說呢，怎麼老是覺得有些不太對勁，敢情是侵蝕痕跡的問題。」

既然兩個人都找到了原因，那麼接下來的決定，就很容易下了。

說白了，這件玉壺春瓶上的侵蝕痕跡，乍一看去，的確是非常顯眼，很容易就讓人想到，這是出土的古瓷器。不過，正是因為它的品相，它的侵蝕痕跡太過深刻，阿三的心中才遲遲不能確定下來。

相對來說，一般的出土文物，尤其是瓷器這種類型的，按通常的規律，也是分成兩種的。

其一，就是宛若新瓷。比如，在出土之前，地下環境非常好，那就不會黏上很多泥痕，如此一來，侵蝕的痕跡就非常少，甚至於沒有。而如果有泥痕的，則說明在地下時，就已經受到泥土的包圍很長時間了，自然而然的，就會有一些不規則的侵蝕痕跡。這也是因為，在厚重的泥土的包圍之下，會形成一定的「土鏽」。

這件玉壺春瓶，如果在年代上沒有問題的話，肯定是屬於元末明初的了，距今少說也有五六百年。如此長時間埋在地下，侵蝕的痕跡，說不多的話，那肯定是假的，除非是從完全沒有被破壞的古墓挖掘出來的。但是，要是侵蝕的痕跡太多了，又顯得太過做作。

賈似道提出一行人到後院走走，看一看這些東西是從什麼地方挖出來的，未嘗就沒有想要看看出土瓷器原先埋藏的環境的意思。既然是在自家的後院裏，從現場的觀察來看，這樣一個地方，的確很有可能挖出一些先輩們埋藏的古玩來。

而且，自己後院的地下，其自然環境、泥土的潮濕程度等等，肯定是連被盜掘的古墓都還要不如了，會形成玉壺春瓶上的厚重侵蝕痕跡，也是理所當然的。

這會兒，阿三再聯想到賈似道剛才判斷出這件玉壺春瓶屬於「老仿」的東西，這種可能性就增加了幾分。

所謂「老仿」，也是行家口中的「老東西」的一種，意思就是說，東西不是現代人製作出來的，但是，和東西的品相上所顯現出來的年代，又有著一定的差距。比如說這件玉壺春瓶，器型是屬於元末明初的，但是東西可能是清朝或者民國的一些瓷器製作者模仿元末明初的玉壺春瓶製作出來的。

這樣的東西，到了今天，自然還是有些收藏價值的。而且，只要仿製的瓷器品相完好，甚至有一定的技術含量，其價值甚至都有可能超過真正的元末明初的玉壺春瓶呢，就好比清代官窯中的一些精品。像有些乾隆年間仿製的明代的官窯瓷器，價值就絲毫都不比明代瓷器來得低。

當然，如果是民窯的「老仿」，在價值上可能就會大打折扣了。跟前者比起來，不管是在工藝上還是在藝術價值、收藏價值上，都是有些不如的。

就好比現在這個年頭，民間一些製作瓷器的人，仿製一些古代瓷器，拿到市場上來，就屬於仿製品，企圖以假亂真。但如果這些仿製的瓷器經過了幾百年，乃至上千年的時間之後，依舊完整地留存了下去，那麼，在價值上自然也就非常可觀了。但是，這些民間的仿製品，總不能和一些現今時代的精品瓷器相媲美吧？

賈似道和阿三看看時間差不多了，大夥兒也不好在後院這地方講價，便和胡春等人一道回到了屋子裏。

在路上，賈似道還用眼神詢問了一下阿三的意思，是不是要拿下那件玉壺春瓶。畢竟，這一趟前來看貨，是小馬先找的阿三，三個人之中，自然是以阿三為主了。要是阿三自己放棄的話，賈似道倒是可以插手。要不然，賈似道也不好意思跟阿三搶。

阿三微微地眨了一下眼睛，賈似道頓時就明白過來。

歸根結底，阿三還是比較看好這件玉壺春瓶的。無非是先前的時候，被上面的侵蝕痕跡給嚇到了。不過，察看了胡春後院的地形後，阿三倒也能做出判斷，這件東西，再不濟也應該是件清朝末期、民國初期的老仿。

價值雖然沒有元末明初的真品玉壺春瓶來得高，卻也可以嘗試一下，跟胡春詢問一下價格。要是合適，阿三自然不會放過撿個小漏的機會了。

於是乎，到了屋子裏之後，阿三就開始和胡春講價，賈似道則繼續察看起其餘的古玩來。那件白玉佩，賈似道是不打算再看了。哪怕就是民國時期的玉佩，雕刻的工藝很精湛，因為其質地不好，能獲取的利益也不會很高。

「小賈，你有看中什麼東西嗎？」小馬湊到賈似道的邊上詢問的時候，眼神還有意無意地看了看桌面上擺放著的白玉佩以及那個粗糙的陶盆。他過來詢問賈似道的最終目的，也就不言而喻了。

「怎麼，小馬哥你看中了，準備出手？」賈似道笑著看了小馬一眼。

小馬也是一臉笑容，有些不好意思地點了點頭。

以他手頭的資金，要是想要那件玉壺春瓶的話，不管東西是真是假，他都沒有那個實力。再說，以小馬的精明，也肯定不會去跟阿三搶玉壺春瓶的。至於其他東西嘛，像桌面上擺放著的「鐵疙瘩」，雖然他最先去看的是這件東西，但是他自己都看不太懂，自然也不會貿然地就去收購了。

倒是白玉佩這樣的小物件，比較容易在他的古玩地攤上出手。小馬存了收下白玉佩的心思，賈似道也完全能夠理解。至於那件陶盆，賈似道打量了一眼，灰不溜秋的，既然小馬都豁出面子先開口詢問了，並且還用眼神示意了，賈似道也不好在這個時候奪人所好。

在小馬點頭之後，賈似道也點了點頭。一切盡在不言中。至於小馬在事後，要是真的從這件陶盆中獲取了一定的利益，不說別的好處吧，至少請賈似道吃上一頓，那是絕對跑不了的。

而和賈似道之間有了這樣的默契決定之後，小馬當即就提出，讓賈似道去幫忙看看這件陶盆，最好是能幫他把把關。當然，賈似道自己心裏很清楚，這裏面，應該是以客氣的成分居多。小馬不可能不知道，賈似道現在的鑒定眼力，主要在翡翠、玉石一行，要是說到別的東西的話，以賈似道剛入古玩收藏行的這麼一點時間的歷練，顯然還沒有達到專家的眼力，也缺乏幫人掌眼的資歷。

「還是算了吧。」賈似道客氣地笑了笑。小馬聞言也不勉強。

賈似道琢磨著，自己是不好再去察看那件陶盆了。因為，即便東西再好，是一個「大漏」，也不會是屬於他的東西了。現在去看，還有什麼意義呢？反而會影響到自己的情緒。要怪的話，也只能怪自己沒有及時地去下先手吧。

現在的重點，是剩下的這兩件暫時還沒有人要的東西，賈似道倒是可以上前去上一下手，看看能不能找出特別的資訊來。

略微一猶豫，賈似道還是率先拿起了那件小馬察看過，並沒有看出什麼名堂來的「鐵疙瘩」。說它是「鐵疙瘩」，主要是因為其在外形的酷似。

可不是嘛，長約五指，寬約三指，厚度大概有一指左右。放在手裏掂量了一下，賈似道感覺到，還是挺沉的。即便不是鐵的，也應該是銅之類的金屬。

因為在「鐵疙瘩」的表面有不少鏽跡，而在這些鏽跡的下面，倒是呈現出一種青色，這讓賈似道不由得仔細注意了一下，竟然通體都是相同的一種顏色，這麼看來，倒是有點青銅的感覺了。而按理來說，這種金屬東西，在出土之後，是不太應該用清水清洗的。不過，這會兒所看到的「鐵疙瘩」，卻因為胡春不懂保存維護，上面明顯有清洗過的痕跡。

為此，賈似道也只能無奈地歎一口氣了。在很多時候，一些珍品古玩器物，就是因為保存收藏的不得當，而損失了很大一部分價值。不過，這種遺憾的心理，僅僅出現了片刻就消失了。因為，清洗過之後的鐵疙瘩，明顯可以讓賈似道把這件東西看得更加清楚。

就在這塊「鐵疙瘩」的正面，隱約留存著一些雕刻的花紋，此外還有一些看似文字，或者是特殊符號的刻痕。另外，在這塊東西的周邊，比較凹凸不平，好像是被突然之間給斷開了一樣。所以，長度是多少、寬度是多少，那也只能是一個大概的敘述。

賈似道完全可以確定的是，這件東西本來的面目絕對不是現在所看到的這般大小，應該更加大一些。而眼前這一塊，只能算是殘留下來其中的一部分。難怪連小馬這樣常年混跡在古玩街的小販，一時間也不知道這東西是什麼。

賈似道回頭看看阿三和胡春那邊，似乎是在價格上一直爭論不休。隨後，雙方又似乎很有默契地各自稍微停頓了一下，準備歇一歇之後，再繼續交涉。賈似道不由得拿著手頭的這塊「鐵疙瘩」，慢慢地走了過去。

「胡大哥，我想問一下，你在挖出這些東西的時候，還有沒有和這塊東西類似的東西呢？」賈似道的插話，正好可以讓胡春和阿三之間的砍價有一個適當的休停期。胡春和阿三不由得同時地看了看賈似道，對於他的打攪，也都是默認的態度了。

「沒有了。」胡春回憶了一下，比較肯定地搖了搖頭，說道：「如果還有的話，我肯定是不會放過的。我可是在那裏整整找了好幾個晚上呢……而且，雖然我對古董什麼的不太懂，但是，如果有類似的東西，一起拿出來的話，肯定能夠賣個更高的價格。」

這可不一定的！賈似道聞言之後，內心裏有些誹謗胡春的話語。要是胡春真的懂古玩的話，又真的挖出了和自己手上這塊「鐵疙瘩」類似的東西出來，那就不會一次性地全部拿出來。不過，賈似道臉上沒有出現特別的神情，頗有些遺憾地說了一句：「那還真是可惜了。」

隨後，他更是注意著胡春的表情變化，只不過，胡春聞言之後，也是很惋惜的樣子，這倒是讓賈似道心中的疑惑去了不少。畢竟，如果賈似道自己挖掘出相似的兩塊鐵疙瘩的話，分開來賣，無疑會取得更多利潤。

看了阿三一眼，似乎他還沒有下定決心，出一個合適的價格收下玉壺春瓶，賈似道這個時候開口問了胡春一句：「如果只有這麼一小塊的話，收下不收下，就有點無所謂了。」也許是意識到自己的話有些太過文縐縐了，胡春的臉上也有些疑惑，賈似道補充了一句：「就是說，這個東西是不完整的，收藏價值就不會很高了。想必，胡大哥也肯定知道，古玩這東西，只有品相好的，保留完整的，年代久遠，存世量少的，才能值大價錢吧？」

「嗯！」雖然賈似道說得不完全正確，不過，對於胡春這樣的人來說，賈似道後面補充著的這套說辭，倒是沒有什麼不妥的。

胡春問道：「那你還要這塊東西不？」

「要我還是想要的。」賈似道點了點頭，「就看胡大哥你準備賣個什麼樣的價錢了。如果是和這只玉壺春瓶一樣的高價位的話，那我看還是算了。」

「這塊鐵疙瘩，我自然不會出很高的價格了。」胡春看了邊上的李狗一眼，李狗並沒有阻攔的意思，胡春也默契地「嘖」了一下，彷彿經過內心的掙扎和思索一樣，說道：「我也不明白這是什麼東西，是古董那是肯定的。這樣吧，就一萬塊錢吧。你要是喜歡就拿去。」

「一萬塊錢？」賈似道有些哭笑不得，「胡大哥，這可就是一塊鐵疙瘩啊。一萬塊錢，是不是貴得太離譜了啊？」

說著，賈似道還有意無意地看了看李狗。直到看得李狗的眼神都有些閃躲了，賈似道才收回自己有些肆無忌憚的眼光，不由得對著阿三苦笑一下。這會兒，他倒是有些明白，為何以阿三的口才和能力，還要和胡春在一件玉壺春瓶上耗費這麼長的時間都沒有講下價格了。

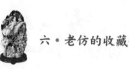

「一萬塊錢，也不算太貴了。」胡春幾乎就是把阿三、賈似道等人當成愣頭青來宰了，他說道：「古董的具體價格，我這個農民漢子，又是個大老粗，肯定不會懂的。不過，要是你們喜歡的東西，就說明你們是看上了，這點我還是知道的。所以，一萬塊錢，對於你們來說，肯定不算什麼。」

敢情眼前這位的出價，是根據阿三和賈似道等人的身分來出的啊。

就連邊上的阿三聞言，也笑著說了一句：「如此看來，我們幾個人還真的是沒有這份能力收下這些東西了。小賈，我們還是走吧。再留在這邊，也沒什麼用。」

這最後一句，自然是和賈似道說的了。

「小馬，你怎麼看？」賈似道聞言，不由得看了一眼還在桌子那邊察看著白玉佩和陶盆的小馬。這會兒的小馬，早就被賈似道和阿三這邊的舉動給吸引住了，那仔細察看的樣子，無非就是裝模作樣罷了。

「我？當然也是跟著你們走了。」小馬聳了聳肩，還特意對張三年說了一句：「張三年，這也不是我們不想做成這生意啊，實在是這邊的要價太高了一些。你也知道，像我這樣小本生意經營的，肯定沒這麼多本錢了。」

說著，小馬攤了攤手，把東西給放回到了桌面上，走到賈似道和阿三這邊。阿三和賈似道對視一眼，也把各自手頭的東西給放了回去。那模樣，看著倒是真的有一走了之的感覺了。

胡春不由得就是一慌，正想說些什麼呢，李狗給他使了個眼色，他的神情才坦然了下來。賈似道和阿三、小馬倒是沒有注意到這些細節。不過，三個人也不是古玩收藏一行的雛兒了，尤其是小馬，在聽到賈似道詢問他的意見的時候，他就清楚自己該怎麼做。

所以，這會兒三個人很有默契的，頭也不回就準備往外面走。

走近胡春身邊的時候，小馬才說了一句：「張三年，你是留下，還是一起走？」

這也算是最後的試探了。要是胡春真的還不想降下價格，那麼，說不定阿三幾人就真的要放棄這一次的收購了。反正古玩收藏一行，也不是每一次出行都能滿意地收上自己喜歡的東西的。

「我？我們是一起來的，自然是一起走了。」張三年笑呵呵地說道。不管怎麼樣，交易不成，他的這位仲介人也還是有一定的錢可以拿的，雖然少了一點，總比沒有強。

隨後，張三年又對李狗、胡春說道：「二位，這一回真的是抱歉了。不過，二位也別太擔心，等過兩天，要是還有其他客戶的消息，我還是會幫你們聯絡的。」

「嗯。」胡春剛想開口，又被李狗給搶先了一步，說道：「那就過兩天再見吧。」

即便邊上的胡春一個勁地給他遞眼神，李狗竟然也是一副毫不覺察的樣子。到了最後，當阿三幾人都走到屋子大門口的時候，胡春顧不得這麼多了，趕緊上前幾步，說道：「幾位，慢走！如果你們真的看中了這些東西的話，價格還可以好好商量一下的嘛。」

說著，胡春轉過頭來，對妻子說道：「婆娘，還不去換幾杯茶水過來。」他自己則是走過來拉住賈似道幾人，說道：「來，幾位先坐下。既然都來了，總不好叫你們空手而歸吧。我不是生意人，手上就這麼幾件東西，也沒想做什麼回頭客生意的。不如，你們幾位自己說說，這些東西的價值？」

「讓我們自己來說？」阿三道，「就怕說了，胡大哥你不信啊。」

到了這個時候，阿三幾人自然明白，胡春自己其實是不太明白古董的價值的，最多也就是覺得價值比較高。但是，邊上的李狗顯然是略微懂一些，他的見識恐怕跟張三年這樣的掮客差不多。

也難怪胡春這樣一個中年漢子，會在交易古董這樣重要的東西時，還會把李狗給拉扯上了。

當然，賈似道心裏琢磨著，也不排除李狗是這個村裏見識比較多的人，或者李狗是胡春比較信得過的人，或者就是在發掘出這些東西的時候，胡春被李狗給撞到了。

不管怎麼樣，見到阿三有意無意地把矛頭對準李狗的時候，賈似道的嘴角還是帶著一絲笑意的。要是這一次想要在這邊把看中的東西的價格壓下來，先打擊一下李狗也是必要的，也不枉費了剛才賈似道三人所做的一些以退為進的舉措了。

「信，信，信！」果然，胡春這會兒對阿三的話語，倒是頗為認同起來。

「老胡，你這是……」李狗終於忍不住感歎了一聲，「你這是……唉……」

「小李，也不是我不想要堅持那個價格，只是……」說到這裏，胡春倒是敞開了胸懷，對李狗說道：「只是這些東西一直放在我手上，我一連好幾個晚上都睡不好覺啊。我總琢磨著，要是價格合適的話，還是儘快出手比較好。」

這些話倒也說得實在，李狗也不知道怎麼反駁。難道還能說，把東西直接交給他來保管？就算李狗自己願意承擔下來，胡春恐怕也沒這麼好說話吧？自己挖掘出來的東西，尤其是價值比較高的，自然是要自己保管才安心了。

只是，這安心也是相對的。就好比一個人突然中了五百萬彩票，他內心的變化，是再明顯不過的，但凡看到別人稍微注意一下他，這些在往日裏很尋常的舉動，都可能被他想歪了。

賈似道不由得對著胡春說道：

「胡大哥，既然你都這麼坦白說了，那麼我們也不說些虛的話了。這裏面，像這位阿三，就是在古玩街一帶比較混得開的。而小馬、張三年，想必也不用我們多說了吧？我們做買賣的，講究的就是大家都有得賺。您不懂古玩，所以，一開始開的價格比較高，我們也能理解。畢竟是古董嘛，不值錢的，又怎麼能叫古董呢？」

「是啊，是啊。」胡春深有感觸地點了點頭。

賈似道說道：「不過，即便是古董，其價值也是有高低之分的。就好比這件玉壺春瓶吧，它和邊上那塊小巧的白玉佩比起來，即便我不說，胡大哥也知道，它們哪個更值錢了吧？

「而在古玩街上，大家靠的就是各自的眼力，各自的判斷，或許每個人心中的價位都不會相同。但是，東西的市場價值，總歸是保持在一個比較平穩的狀態的。說白了，白菜就是白菜，不管是在冬天、春天，還是在雨季、旱季，它就是白菜，您總不能希望它能賣出豬肉的價格來吧？」

「那你的意思是，這些東西都不是好東西嘍？」李狗有些憤憤地說了一句。

「是不是好東西，不是你說了算的，也不是我說了算的。」賈似道無所謂地說，「即便你認為是好東西，只要我認為東西不對，那麼，我又怎麼可能會給你一個你心裏的理想價位呢？」

「好了，好了……」張三年這個時候說了一句，「我看這樣吧，胡大哥，你呢，給出一個你心裏的最低價位，要是我們這邊願意收的話，我們就把東西給收下來，要是價格實在太高了，沒怎麼賺頭，我們自然也不會做虧本生意，你說是不是？」

「也成。」胡春說道。

「不成！」李狗卻著急地說了一句，「老胡，這麼一來，我們是很吃虧的啊。你想啊，你都把自己的底給交出去了，他們還不順著杆子往上爬啊。我看這樣吧，還是讓他們先出一個最高價位，如果我們滿意的話，就繼續談下去，如果我們不滿意，那也就沒什麼可說的了。」

「這樣一來，豈不是我們這邊很吃虧？」阿三看了李狗一眼說道。

雖然看上去，不過是胡春先開價，或者就是阿三這邊先出價格而已，怎麼說都應該差不多的。實則不然，李狗的理由是很充分的。如果阿三這邊先出價格，無疑會對賣方有利。

比如說，阿三原本對一件東西的心理價位是十萬，而胡春原本對於這件東西的最低心理價位是八萬。如果阿三這邊先開口的話，說多了，自然是胡春賺了，說得少了，又擔心胡春一口拒絕。而要是胡春先說的話，自然是八萬塊錢就可以完成交易了。

當然，這也僅僅是阿三出的心理價位要比胡春的高的情況下。要是阿三的價格比胡春的價格低，就另當別論了。不管怎麼樣，這樣的方式，對於先開口說出心理價位的人而言，都是不利的。

賈似道看著桌子上不同的東西，說道：「我看還是這樣吧，咱們針對不同的東西，一邊先開口一次，怎麼樣？反正這裏的東西也不止一件。既然我們雙方都同意，交易要乾脆一點，直接一點，大家都坦白了說比較好。但是，又怕某一方先說會在交易上吃虧。那麼，這種分開來一方先說一次的辦法，還算是一個折中的方式了。」

「我贊成。」阿三聽了賈似道的話，首先就很贊同地點了點頭。如果一直在交易的方式上爭執不下，而錯過了這次交易機會的話，阿三也不能保證胡春就不會在短時間內找到其他古玩商來交易。

不管胡春現在心裏是不是著急著把東西出手，在這些東西沒有落實到自己的手中之時，總歸是還沒個正經著落，讓人心裏很牽掛。

要是雙方的心理價位差距不大的話，阿三也不在意一定要把價格限定在多少錢範圍之內。畢竟，這可是古玩交易，而不是在菜市場上買菜。

任何一件開門到代的古玩商品，即便品相都比較好，其市場價格也是浮動得很厲害的，不但和這件東西本身的品質有很大的關係，還跟出售的時機、事先的炒作等因素不無關係。

所以，和胡春這樣的交易中，金額較小，阿三倒是也不會太過在意。先前之所以價格談不下來，完全是因為胡春太過鑽牛角尖的性格，說了是多少價格，就一口咬定是多少價格，沒有絲毫迴旋的餘地，阿三自然不會乾脆答應下來了。

說到這裏，阿三和賈似道對視了一眼，兩個人自然都明白對方的心思。

這一批的貨，東西是不錯的東西。只要價格合適，他們肯定不會放過的。邊上的小馬也是蠢蠢欲動，只要阿三把玉壺春瓶給拿下了，那麼就是他跟胡春交涉陶盆和白玉佩的時機了。

「我覺得這個提議很不錯。」胡春考慮了一下，在阿三點頭之後，終於也點了點頭。

邊上的張三年，看著阿三和胡春等人，嘴角的笑意濃郁了幾分。相比起交易不成功，他這個仲介人，自然是更希望交易能夠成功了。

「我也贊成這個提議，至少不會讓某一方一直都吃虧。」李狗也點了點頭，「不過，我覺得還有一些細節上的問題。」

「哦？說來聽聽？」賈似道作為這個建議的提出者，自然當仁不讓地就問了出來。

「這裏的東西，有玉壺春瓶、白玉佩、陶盆、瓷罐，也還有一塊大家誰也不知道是什麼東西的鐵疙瘩。」李狗說，「一共是五件東西，如果是一邊先出價一次的話，肯定有一方是三次，一方是兩次。那麼，無疑是有一方會吃虧了。而且，這五件東西的價值，也是大不相同的。我想，那件鐵疙瘩、瓷罐，肯定是比不上玉壺春瓶、白玉佩這兩件東西有價值吧？如果你們先出價的時候，都是不值錢的東西，而我們這邊先出價的時候，卻都是值錢的東西，那我們同樣是很吃虧的。」

「好吧。」賈似道不得不對這個李狗另眼相看了。在這麼短的時間內，就可以把這個問題想得這麼清楚，難道真的只是一個一直待在山村中渾渾噩噩的年輕人？想到這裏，賈似道有些嗔怪地看了張三年一眼，也不知道在事先跟自己幾個打個招呼。

雖然打個招呼並不能改變李狗跟在現場的狀況，也可以讓賈似道、阿三幾人心裏有個數吧。

「既然你也多少知道這些東西的價值，不管對不對吧，總之，先按照你的看法，來把這些東西列一個順序，然後，由我們這邊選擇是我們先出價還是你們先出價，你看如何？」賈似道說著攤了攤手，這也算是一個比較折中的辦法了。

阿三和小馬兩個人，與賈似道湊在一起商量了一下，便點頭表示同意。

而那邊的胡春，則是一副看著李狗、由李狗做主的表情，顯然，胡春還是比較相信李狗的。尤其是這麼短時間之內，李狗所提出來的意見，都是向著胡春的，不由得胡春不信任李狗了。

「好。」李狗也不推託，拉著胡春，走到了一個角落裏，低聲嘀咕起來。

而在這邊，小馬狠狠地瞪了張三年一眼，有些埋怨張三年給他們找了個李狗這麼難纏的主兒。張三年也是頗為難為情地笑了笑，也不辯駁。他還能怎麼說？難道說自己不是故意？那也要有人信才行！而且，只要交易成功就好。張三年的心裏還希望交易的金額越高越好呢。只有交易的金額高了，才說明這一次的東西價值高，才能讓他這個仲介人的傭金更多。

李狗和胡春走到桌子邊上，開始對著五件東西有秩序地擺弄起來。首先，他們把阿三看上的玉壺春瓶給擺放到了第一位。賈似道看著，不由得就是眉頭一皺。這一招，還真是厲害啊。

恰巧這個時候，阿三也看向賈似道，三個人就李狗的舉動商討了一下。既然他有信心把玉壺春瓶擺放在第一件的位置，肯定是存了想要阿三這邊先出價的想法。那麼，不用賈似道猜，也能明白過來李狗的打算是讓阿三這邊出三次的價格，這樣他們就占了一個不小的便宜。因為，胡春只需要出兩次價格就好了。

另外，李狗也不會讓除去玉壺春瓶之外的好東西，位列第二和第四的位置。只要是胡春自己先開價的東西，都是價值比較低的玩意兒，那麼，不管怎麼說，也算是為胡春再一次減少了損失。

暫且不說李狗對於這五件東西的估價準不準確，光是憑著李狗這樣一個策略，恐怕就夠阿三和賈似道、小馬三人頭疼一陣子的了。

「我看，我們似乎也沒有什麼別的選擇了。」阿三苦笑著說了一句。對於玉壺春瓶，他是勢在必得的。而且，三個人之中，也是以阿三為主。賈似道購買東西需要用到的錢，要從阿三這邊出。小馬想要收購到自己的東西，也需要等阿三出手交易完了才能出手，畢竟，以他自己的經濟實力，完全沒有可能拿下這些東西，也不能說動張三年，只帶他一個人到這邊來，他可是以幫忙阿三牽線的身分前來的。

要是阿三都沒有交易成功，他去搶的話，無疑不合規矩。

在古玩一行，最重要的是什麼？

資金？那自然是重要的了；眼力？那也是非常重要的；人際關係？這個也算是很重要的，沒有一點人際關係，壓根兒就混不開；其他因素，或多或少都會有一點。但是，這些都還不是最重要的。

最最重要的，無疑是入行的人，要懂這一行的規矩。不懂規矩的人，只能被市場淘汰！

尤其是像小馬這樣的，以在古玩街擺地攤為生的古玩小販。要是壞了規矩，在古玩一行，那將沒有他們的容身之地。也難怪，這個時候的小馬，聽到了阿三的話語之後，很快就點了點頭，說道：「不如，我們就順了他們的心思吧，由我們這邊先開始出價。我倒要看看，那個李狗的眼力，究竟是不是真的就那麼靠得住。」

「好！」賈似道倒是從小馬的話語裏，聽出幾分想要與李狗一爭高下的感覺來。收藏至今，賈似道一路走來都是順風順水的，即便看著自己喜歡的東西能撿漏的時候，那也純粹就是運氣。他唯一的一次主動出擊，就是去河南，卻空手而歸。而那個木造藏，也只是他順帶撿漏回來的，和他最初去那邊想要收藏瓷器的目的沒有關係。而最近一段時間，在臨海這邊的古玩市場上，賈似道也是隨著自己的性子，喜歡了就出手，不喜歡的站在邊上看看其他人的交易，也算是過足了眼癮。

但是，論到收藏上的一些爭鬥，賈似道卻鮮少見到。

正所謂文無第一，武無第二。在收藏上，很多收藏愛好者也是喜歡拚個高下的。這會兒李狗根據現場的情況，佈置出來的這麼一個「局」，顯然是最有利於胡春發揮的了。

賈似道看了桌面一眼，正如三個人所預料的一樣。除去第一件東西是玉壺春瓶之外，第三件、第五件，分別是李狗說過的比較值錢的白玉佩、陶盆。至於第二和第四的位置，則分別是鐵疙瘩、瓷罐。

這樣一來，阿三和小馬只能互相看著，聳了聳肩，有些無奈了。倒是阿三還有幾分閒情，拍了拍賈似道的肩膀，說道：「小賈啊，你是不是事先就知道會有這麼一個局面，所以，你才提出這個建議來的啊？」

「什麼意思？」賈似道一愣。

「你想啊，阿三和我所想要的，都需要我們這邊先開價，而剩下來的，胡大哥先開價的東西，自然也就是留給你來收購的了。」小馬沖著賈似道，呵呵一笑，還眨巴了一下眼睛，算是揶揄了賈似道一把。

「還真是這樣的呢。」賈似道苦笑著說，「看來，我又有機會撿漏了。就是不知道，撿回去的東西能不能值錢……」看到小馬臉上的笑意似乎是更濃郁了幾分，賈似道不由得沒好氣地說了一句：「不然，小馬哥，我們打個商量，我和你換一換交易的物件，成不？」

「算了，吃虧的事情還是讓老哥我來承擔吧。」小馬裝模作樣地歎了口氣，一副我不入地獄誰入地獄的樣子，說道：「你年紀還小，就等著撿漏吧。」

「哈哈哈……」阿三也笑著說：「你還是等著撿漏吧。嗯，就當是你這一次載我們過來的車費好了。」

為此，賈似道也忍俊不禁地笑出聲來。而三個人如此輕鬆的狀態，也讓李狗的臉色有些陰沉下來。至少，能讓他心中懷疑他的打算，是不是一個錯誤了。由此，賈似道和阿三、小馬三人，心中也很明白，李狗在古玩收藏一行的眼力，終究還是比不過他們這三個人來得自信吧？

「兩萬塊錢吧，這是我的最高心理價位了。」阿三信誓旦旦地說道。

「兩萬塊還是有點少，我的價格是五萬塊錢。」胡春一口咬定，需要五萬。

「那就兩萬二吧，我只能添這麼一點了。要是再多，我也沒幾塊錢能賺啊。胡大哥，你可要考慮清楚了，雖然我看好這件東西，但也實話告訴你，我可是個商人。沒有利潤的事情，任何一個商人都不會幹吧？」阿三嘴角雖然在笑著，但是，說出話來的語氣，卻透著幾分決絕。

也只有賈似道這個對阿三有些知根知底的人明白，既然對於阿三提出的兩萬塊錢，胡春還能開口還價，想必，阿三應該能以一個比較合適的價格收下這件玉壺春瓶吧？

果然，到了最後，經過幾分鐘的拉鋸戰，最終成交的價格定在兩萬八千塊錢。阿三直接就當場點了現金給胡春。這也是阿三和賈似道、小馬商量好的策略。只要第一筆交易成功，馬上付款的話，這擺在眼前的人民幣，無疑會給胡春這樣的農村漢子造成很大視覺上的衝擊力，也方便賈似道和小馬接下來繼續砍價。

而對於阿三而言，如果這件玉壺春瓶真的是元末明初的真品的話，不要說是兩萬八了，就是翻個十幾二十倍的，二十八萬、五十六萬，阿三也會毫不猶豫地一下買下來吧？如果只是「老仿」的東西，兩萬八的價格，也不算是太貴。

「胡大哥，第一件玉壺春瓶的交易完成了，那麼，這塊鐵疙瘩的價格，你準備出多少價格啊？」賈似道有些玩味地看著胡春，「您可不要再說什麼一萬、兩萬的價格出來了，我可沒有阿三這麼財大氣粗。」

「那是自然，那是自然的。」胡春看上去對於第一筆生意還是挺滿意的。隨便一個在村莊裏種地的漢子，猛然間得了兩三萬塊錢，心中的那份滿足也是不可言喻的吧：「我就按照心理價位開個對半的價格，五千塊吧，怎麼樣？」

這話語裏的意思，他不但把價格給減了下來，連語氣都有點商量的意思了。似乎是賈似道對於這樣的價格不滿意的話，還可以接著商談。

賈似道自然不會放過，直接砍價道：「五千塊錢還是貴了一點。這塊疙瘩，無非就是個金屬，還不是金銀的，要不是看著年頭有些老的話，壓根兒就值不了什麼錢，拿去賣破爛，還得按照幾毛錢一斤來稱呢。」

「那你說多少錢？」胡春聞言，很上道地問了一句。頓時，邊上的李狗就扯了胡春一把，胡春這才訕訕地說了句：「照我來看，好歹也是古董，五千塊錢，應該是很便宜的了。」

「三千塊吧。」賈似道思索了一下，說道。

「四千！」胡春比劃了一下四個手指，神情很堅定。

「一人退步，三千五，怎麼樣？」賈似道猶豫了一下。

「成交！」

而隨後的白玉佩，因為小馬和胡春對於玉佩的價格看法相差太大，並沒有達成交易。小馬先開的價格，是三千塊錢。這對於眼前這塊白玉佩來說，還算是個公道的價格，而且，小馬擺古玩地攤的時間，可不是白混的。奈何胡春一口價咬定，要一萬塊，這不是死腦筋嘛。

只是，正當小馬要說叨幾句的時候，胡春卻說了一句：「有道是，黃金有價，玉無價。」

小馬頓時就住嘴了。

第七章

碎瓷罐的真實身價

衛二爺為這件碎瓷罐可惜，那是不是說這瓷罐
真的是開門到代的元末明初的瓷罐呢？
賈似道的眼神不由得一亮。
要真是的話，
究竟是誰撿了大漏，還不一定呢。

胡春說的這句話，不知道是誰告訴他的。按照他的性子，能知道這樣的話，本身就有點不同尋常。最大的可能，自然是李狗說的了。而且，這話從表面來看，也是對的。不然，也不會成為古玩一行的俗語。但即便是俗語，也需要看情況而定。

如果是品質非常好的玉，尤其是羊脂白玉的，不要說是黃金難比了，就是胡春開價幾十萬、上百萬的，小馬要是口袋裏有足夠多的錢的話，也會毫不猶豫就買下來的。當然了，要是真的是羊脂白玉玉佩的話，賈似道作為翡翠一行的專家，也不會在先前看貨的時候沒有看出來，而假手小馬去察看吧？

但就是眼前這麼一塊品質不怎麼好的白玉佩，要價一萬的話，也實在是太離譜了一些。

只不過，賈似道、阿三能明白小馬的眼力，但是胡春、李狗等人卻不會明白。

在這種時候，小馬要是刻意去和胡春解釋，這塊白玉佩的價值並不是很高，設身處地想一想，胡春恐怕也不會相信吧。如此一來，小馬還不如乾脆放棄了呢。

胡春的臉上，略微流露出了幾分失望的表情。

隨後，眾人要交易的則是第四件東西：瓷罐。

說起來，這張桌面上的所有五件東西，幾乎都被阿三拿下的玉壺春瓶給占盡了風光，其餘的，不管是小馬看中的模樣上比較精巧的白玉佩也好，還是那件大陶盆也罷，都要遜色很多。至於和玉壺春瓶相同類型的瓷罐，在體型上，不會遜色玉壺春瓶太多，但是在這品相上，賈似道也只能搖搖頭。

「這件東西，胡大哥您來說吧，多少價錢。」賈似道指了指這只瓷罐說道。

瓷罐表面上的釉色，賈似道看著很像是淺綠釉，又帶有一些黑花，看著像烏龜的甲殼，甚至於還有開片紋。內部的釉色，則顯得有些白色，偏一點點黃色。如果只是這樣的情況的話，這只瓷罐自然也算是件好東西。

但是，擺放在賈似道眼前的這只瓷罐，卻是一個散了架的瓷罐。

「這只瓷罐子，是我在挖的時候，不小心用鋤頭碰碎了的。」胡春說道。他臉上微微出現了幾分紅暈，因為是農家漢子的緣故，這一抹紅暈，要不是氾濫得實在多了一些，也還是很難見到了，足可見這會兒，胡春的心中是多麼懊惱和尷尬了：「我家婆娘後來還狠狠地說了我一頓呢。我想著吧，這既然是件古董，雖然是被弄破了的，但應該也還值一點錢，所以，我就把所有碎片都給收集起來了。」

「胡大哥，您說到現在，也沒給出個價格呢。」賈似道說著，走到瓷罐子的邊上，剛一伸手，還沒有觸碰到呢，瓷罐子倒是自己散裂開來了。

賈似道費了好大力氣，才把這些碎片給拼了回來，他仔細地打量了一下，感覺這些碎瓷片還的確如胡春所說的，算是比較完整的。

整個瓷罐，大的碎片一共有三塊，拼接起來，就能夠構成這件瓷器的骨架了。其餘的小碎片倒是有不少。賈似道也沒有心情去細數，只是用手拿捏起其中的一小片，細細地感受著。

胎質在細密程度上還是很不錯的。此外，就是從釉色、造型上來看，賈似道初步判定這件東西應該是元末明初那會兒的孔雀釉黑花瓷。而且，腦海中一閃現過這個答案的時候，賈似道的眼神就不由自主地看向阿三。

要知道，阿三拿下的那件玉壺春瓶的釉色、造型，也屬於元末明初的。但是，玉壺春瓶顯然是「老仿」的，對於這一點，有了特殊感知能力的賈似道還是頗有信心的。再不濟，那也是元末明初之後的年代中，由修瓷高手修補過的。要不然，很難解釋得了，為什麼那件玉壺春瓶，在特殊感知能力的探測下，竟然會浮現出一些裂痕來。

所以，對於阿三以兩萬多塊錢的價格，收下這件玉壺春瓶，賈似道內心裏倒是沒有多少羨慕。如果真的是元末明初的玉壺春瓶，即便碎了，再經過修補，那也是不止兩萬的價格，阿三還能賺上不少。但要是「老仿」的東西，並不是元末明初的玉壺春瓶，又加上是破碎了修補過的，那麼其價值可能就沒有兩萬塊錢了。

當然了，要是阿三能找到個不太懂行的人，把這件品相上沒什麼好挑剔的玉壺春瓶給忽悠出手的話，再怎麼說，賺個三五萬塊錢，還是比較容易的。

而眼前這個破碎了的瓷罐，是不是也同樣會是一件「老仿」的東西呢？

想到這裏，賈似道特意去察看了一下桌面上擺放著的五件東西中的最後一件：也就是小馬看中的陶盆。

如果這件陶盆也是元末明初年代的東西，賈似道心裏倒是有些肯定，這五件東西應該都是那個年代的玩意兒了。畢竟，即便是舊時代的收藏者，也會有一些特別偏好的，比如說，對於某個年代的東西，或者對於某一個類型的東西特別感興趣。說不定，胡春挖掘出來的這幾件東西，就是同一個時代的收藏品呢。

不過，這件陶盆的模樣，個頭兒是比較大了，但是在造型上，賈似道琢磨著，可能是屬於漢代的。盆形呈現出正圓形態，沒有什麼特別的圖案花紋裝飾，整個陶盆帶著一點灰金色，乍一看去非常漂亮，而且這種簡潔古樸的風格，很有點漢代陶器的感覺。

此外，在陶盆的邊緣一角，有一處殘缺的。殘損的部分不大，賈似道看了看那個缺口，和瓷罐的殘破不同，應該是在胡春挖掘之前就已經殘損了的。

對於這一點，賈似道還是比較有把握的。

要不然，一件陶瓷，要是碎裂之前就埋藏在地底下，跟挖掘的時候才出現的碎裂都分不清楚的話，那麼，賈似道也沒有必要跟著阿三、小馬到這邊來看貨了。對比了一下，賈似道也沒有從桌面上找出陶盆的其他碎片來。想來，是胡春在挖掘的時候，已經比較小心了吧，沒有碰碎了這個陶盆。

「是不是這個瓷罐你不要了，反而想要那件陶盆吧？」胡春跟隨著賈似道的目光，不由得問了一句，眼神中流露出幾分期待來。

「沒有，我只是看看這件陶盆和這件瓷罐是不是同一個年代的東西而已。」

賈似道笑著搖了搖頭說道。他可不想在這個時候，因為自己的舉動，而給小馬接下來的砍價製造出麻煩來。要是賈似道這會兒說自己看中了陶盆的話，說不定，待會兒砍起價來，胡春就會往高了來說呢。

「那麼，這件瓷罐……」胡春小聲詢問道。

「這個還是要看胡大哥你的開價吧。」賈似道說，「這可是第四件東西，咱們說好了的，先由你這邊開個底價，然後我再看看是不是合適。」前面商量好的規矩，賈似道可不準備放棄。再說，這第四件瓷罐，擺明了是屬於李狗不看好的，賈似道即便想要，也會儘量地把價格往低了壓。

這對於賈似道來說，絕對是有利的事情。

「那……」胡春看了李狗一眼，隨即對賈似道說：「那就一萬塊錢吧。」

「胡大哥，這話可就說得不厚道了。」賈似道指了指阿三的那件玉壺春瓶，「咱先不說這件完整的器型多少價格吧。」隨後，他又指了指沒有完整交易的第三件白玉佩，說道：「就說這件白玉佩吧。以你們能把它擺放在第三件的位置上來看，應該是要比第四件的瓷罐值錢吧？」

胡春聞言，臉上現出了幾分尷尬。賈似道心裏暗笑，這砍價的門道，胡春想來是不太擅長了。至於他的妻子，這會兒也僅僅是好奇地打量著桌面上的幾件古董，恐怕內心裏還在為第一件玉壺春瓶的交易價格而吃驚吧？

倒是這會兒的李狗，有些無奈地給胡春使了使眼色。究竟是什麼意思，賈似道也不在意，直接開門見山地說道：「再說，這件瓷器，不管它在完整器的時候是有多少價錢，能不能比得上那第一件玉壺春瓶，就說碎了的瓷器吧，在市場上只有完整器型一成的價格，那可都是常有的事情。何況碎成現在這個樣子，我即便拿回去，還要找人修補一下呢。胡大哥，你可能還不知道，瓷器的修補也是需要花大價錢的。這樣一來，你說我要是按照你給的一萬塊錢的價格收過來，我能不虧嗎？」

「那小兄弟，你說，這玩意兒值多少錢？」胡春有些訕訕地問了一句。

「我看這樣吧。」賈似道打量了一眼桌面上的瓷罐，「我呢，也和你說個實話，這件東西大概能值個兩三千塊錢的樣子。不過，這是算修補過的價格。如果給大哥你自己來修補的話，一來沒個門路，找不到修瓷的高手，這手藝上的差距，你也應該知道非常影響瓷器的價格吧？這可是需要花大價錢的。二來，你自己出手的時候也沒什麼特別管道，不如就出一千塊錢，給我得了。好歹，我也能賺幾塊辛苦費。你看怎麼樣？」

「一千塊錢？」胡春一愣，猶豫著說：「是不是太少了一點啊？」

「那胡大哥，你以為呢？」賈似道苦著臉說道，「說句不太厚道的話，就這麼些零零碎碎的瓷器碎片，如果不是看在還比較齊全，沒有什麼大的殘缺的份上，哪怕就是幾百塊錢，估計都沒人會要了。不信的話，你可以現在就找人問問。」

說著，賈似道把目光瞥向邊上的李狗。恍惚間，賈似道似乎看到李狗臉上一抹不自然的神情，李狗也給了胡春一個眼神。隨即，胡春就諂笑著說了一句：「那就一千塊錢吧。成交！」

或許，對於胡春來說，在他心裏覺得，這麼一件不小心破碎了的瓷罐，還能賣到一千塊錢，已經算是非常不錯了吧？不過，這會兒賈似道看他的模樣，可能還有點後悔的意思。要不是在挖掘的時候鋤頭碰到了這件瓷器，這玩意兒應該能值個上萬的價錢吧？

待到和胡春講好了價錢之後，賈似道就退到了一邊。

阿三不禁朝著賈似道曖昧地擠了擠眼睛，下意識的還豎了豎大拇指。如果這件瓷罐的年代對的話，賈似道先前所說的什麼「破碎了的瓷器，價格只是完整器型的一成」的話，完全就是扯淡。

這番話騙胡春是足夠了，卻又怎麼騙得過阿三這樣的行家呢？

也許是注意到了邊上阿三的舉動吧，賈似道無奈地聳了聳肩，湊到阿三的耳邊，說道：「你也別在這邊挖苦我，我這不是為了你著想嘛。我這可是為了給你省錢，知道不？」

「就這還是為了給我省錢吶？」阿三沒好氣地嘟囔一句，「說的好像是回去不還我錢了一樣。」

「嘿嘿。」賈似道得意地一笑。再看小馬那邊，針對最後一件古董，雙方已經開始了砍價。因為是小馬自己出的價格，或許是從先前胡春的開價中找到了一些規律，小馬並沒有一開始就把價格說得很高，達到自己的心理價位。

胡春對於第二件、第四件把握不準的古董，可都是一萬一萬地開價的。而對於第三件白玉佩，最後咬定的價格也是一萬元。這會兒，小馬自然是對於眼前的胡春的心理，有著比較有把握的揣測了，恐怕他的心理價位也是在一萬塊左右吧？

這完全就是個什麼都不懂，想要撞大運的心理嘛。小馬一開口，就是三千。不過，小馬也沒有把話給說死，只是好似很悠閒地看著胡春，等待著他的還價。果然還就是一萬塊錢。

看到這裏，阿三不禁低頭歎息了一聲。

「怎麼了？」賈似道好奇地問了一句，「該不是後悔了吧？」說著，賈似道看了看玉壺春瓶。

「你說我能不後悔嗎？」阿三苦著臉，「要是我是最後一個交易的話，我完全有信心，以一萬多塊的價格，就把這件玉壺春瓶給拿下來。」

「這可不一定哦。」賈似道意有所指地說，「如果不是你的第一筆交易讓他賺足了錢的話，恐怕後面這些交易他就沒有這麼爽快了。」這話語中的他，自然是正和小馬交涉陶盆價格的胡春了。

阿三仔細琢磨了一下，也點了點頭，認同地說道：「說不定，還真是這樣呢。不過……」阿三轉頭看了小馬一眼，隨後才對賈似道說：「如果真是這樣的話，回去之後，你們倆是不是該出點血，請我吃飯呢？」

「那沒說的。」賈似道拍了拍阿三的肩膀，「小馬應該也不會反對吧？」

此時，小馬和胡春似乎也達成了交易，這讓賈似道和阿三都放鬆了不少。要是此行光是他們兩個有所收穫，而小馬空手而歸的話，雖然這樣的結局也沒有辦法，但是賈似道和阿三的心裏，多少也還是會有點不自在的。

這會兒小馬也收穫了一件陶盆，暫且不管東西是不是對的吧，也算是個皆大歡喜的場面了。就連張三年，這會兒也笑呵呵地看著三人呢，說起來，他的仲介收入也不少啊。

「對了，這位兄弟，你看，你們都買了四件古董了，這枚玉佩也是和它們一道挖出來的。你們看，是不是也一起出個合適的價錢，一併帶走了呢？」胡春正在忙著點錢呢，李狗倒是把主意打到了小馬身上。

畢竟，這件白玉佩原本就是計畫出售給小馬的。先前，也只有小馬對這件東西出過價錢。

賈似道和阿三聞言，不由得一起對著小馬眨了眨眼，三個人很默契地嘀咕了一句：有門兒！似乎小馬想要這件白玉佩，也是很有可能的。不過，小馬還是先推脫了一句，說道：「我剛才已經出過價錢了，不是我們不誠心，而是胡大哥實在是出價太高啊。」

說著，小馬還攤了攤手，示意他也沒有辦法。

李狗看了小馬一眼，就湊到了胡春的身邊，兩個人交頭接耳地嘀咕了起來。最後，按照小馬最初給的最高價格——兩千塊錢，再往上添了一點。那邊的陶盆說好了是四千五百塊，連上白玉佩兩件東西合起來，算七千塊錢，也算是添頭了。

告別了胡春、李狗等人，暫且不管他們對於這一筆交易究竟是否滿意，賈似道一行三人，各自抱著自己收購上手的古玩藏品，興沖沖地回到停在村口的車上。也許是因為時間耽擱得比較晚了吧，村口那些納涼的老大爺們早已經不見了蹤影。待到走在最後的張三年也上了車之後，坐在後排的阿三當即很爽快地給了張三年應得的報酬。

「張三年啊，以後要是還有這樣的好東西，記得繼續給我們介紹介紹唄。到時候，少不了你的好處。」阿三有些籠絡地說了一句。

「那是自然的。」張三年也不猶豫，微笑著就點頭把事情給應承下來了。至於雙方還會不會再有合作，卻是以後的事情了。阿三也不會勉強，如果張三年自己有足夠多的現金的話，就說這一趟吧，張三年能想到阿三等人嗎？

說起來，要不是小馬的資金也不足的話，也還輪不到阿三和賈似道呢。

所以，賈似道聽到阿三的話之後，心裏很肯定，阿三無非是想要安張三年的心而已，對於下一次的交易，本身並沒有抱太大希望。賈似道當下就發動了車子，往臨海方向開去。要知道，回程的路程，也還需要一個多小時。

待到車窗外的景色開始成為熟悉的記憶中的場景時，已經到了小馬家門口了。看著小馬和張三年樂呵呵地下了車，賈似道回頭對阿三說了一句：「這會兒，我們要去哪兒？是先各自回家睡覺呢，還是現在就去找人看看東西？」

所謂的看東西，自然就是去請人掌眼了。

「你就對這一趟收上來的東西，這麼有把握？」阿三倒是有些好奇賈似道的打算了。

「怎麼說呢……」賈似道琢磨了一下，「對於這些東西，總的來說，我的感覺還是比較看好的。不說我手頭的兩件，就說你那件玉壺春瓶，至少也是個老仿的東西。就你所出的兩萬多塊錢而言，虧本是不太可能的了。」

「嘿嘿，照你這麼一說，我都有點蠢蠢欲動了。」阿三賊笑了幾聲，「那你的兩件呢？說起來，小馬的那件白玉佩，我並不是很看好。倒是他的那個陶盆，還有點利潤在裏頭。」

「也不一定哦。」賈似道回頭說了一句，「主要還是看他出手的對象。如果是擺放在古玩街的地攤上，恐怕他還要虧本呢。」

「也是。」也許是想起古玩街地攤上的一些趣事吧，阿三樂呵呵地笑著，手卻有意無意地撫摸著用破舊衣衫包起來的玉壺春瓶。因為從胡春家裏出來走得急，幾個人又不好明著把瓷器提拎在手裏，所以，就從胡春家要了幾件破舊衣衫用來包裹古董，以作掩人耳目之用。

這會兒都回到臨海這邊了，阿三也還沒捨得放下手中的玉壺春瓶呢。

倒是賈似道這邊，一塊「鐵疙瘩」就很隨意地丟放在駕駛座上方的擋風玻璃邊上，而那個碎了的瓷罐子，也同樣用破舊衣服包裹著，扔在座椅上面。看上去，賈似道對這兩件東西渾不在意的樣子，要是像阿三一樣，這件瓷罐子是完整的話，說不定賈似道也不開車了，趕緊把瓷罐子給抱在懷裏了呢。

路過一家銀行的時候，賈似道就把車停了下來，匆匆地用銀行卡取了一萬塊錢出來，先把晚上交易中阿三這邊墊付的錢給還了。賈似道還嘀咕了一句：

「要是知道這一趟交易就花這麼一點錢的話，我去之前就應該取這一萬塊錢出來呢。」

「你呀！」阿三苦笑著接過了賈似道遞過來的錢。到這會兒為止，賈似道手頭收上來的兩件古玩，算是和他阿三沒有絲毫關係了。這也是因為，兩個人準備去請人把關，所以，賈似道才會這麼計較錢財上的事情吧。

阿三說：「看來，小賈你是越來越精明了。這在古玩收藏上還沒有入行多久時間呢，人倒是已經有古玩收藏家的樣子了。」

「這還不是跟你學的。」賈似道頭也不回地繼續開著車。

不一會兒，兩個人就到了衛二爺家裏。事先阿三就給姑姑打了個電話，知道衛二爺還沒有入睡，便說兩個人會立刻過來。要不然，就算阿三要到這邊來請老爺子幫忙掌眼，賈似道也不好意思打攪。

衛二爺接過瓷器，仔細地端詳了一會兒，又用管鏡在玉壺春瓶的釉面上來來回回地察看了好久，最後，長舒了一口氣，看著阿三說道：「你來說說，這件東西究竟是怎麼個說法。」

聽衛二爺說話的語氣，絲毫也沒有透露出消息來的意思。賈似道聽著，覺得自己的心中這會兒已經開始發慌了。衛二爺那種風輕雲淡的神情，給了他莫大的壓力。

還好，有阿三站在前面，而且，衛二爺也是存了要考驗阿三的意思。賈似道一邊在心中想像著，要是換成了自己，會怎麼樣回答，一邊聽著阿三循序漸進地說著對這件瓷器的看法，另外，還附加了一些去看貨的時候遇到的人物、事件。倒也說得非常充分，讓人挑不出一點毛病來。

「那你的意思，就是說這件東西是老仿的嘍？」衛二爺沉默了一陣子，才看著阿三問道。

「應該是的。」阿三一邊說，一邊下意識地看了賈似道一眼。說起來，在最開始的時候，阿三還認為東西是開門到代的玩意兒呢。但是，隨著他不斷的講解，尤其是在衛二爺的眼神注視下，一邊說一邊繼續對著這件玉壺春瓶把玩和察看，心中倒是越發覺得，賈似道認為是「老仿」的判斷比較正確。

畢竟，阿三也算是個瓷器一行的行內人，先前他在胡春家中的時候，是被那邊營造出來的氛圍影響到了自己內心的判斷。

這就好比在剛一看到這件瓷器的時候，心裏光顧著撿漏了一樣。現在交易都已經完整了，又站到了衛二爺面前，不管東西是真是假，都已經成為了定局，阿三心中倒是沒那麼多想法了。在察看的時候，心態也就更加平和了一些。

「小賈，你也來說說看，這件玉壺春瓶，是怎麼個說法？」衛二爺瞥了阿三一眼，對他的回答不置可否，反而向賈似道詢問。

「老爺子，我的看法基本上和阿三是一樣的。」賈似道應了一聲，剛一抬頭，卻發現衛二爺正微微地笑著，看向自己。莫名的，賈似道的心頭就是一跳，該不是被衛二爺看出了一些什麼端倪吧？

「看你的樣子，你的手頭應該也收上東西來了吧。來，拿出來一起看看？」衛二爺說道。

「是！」賈似道也不猶豫，先把破碎了的瓷罐給擺放到茶几上，順手就把包裹著的破舊衣服給攤了開來，隨後，正準備把所有瓷片給收拾到一起，堆砌成一個完整器型呢，結果，他還沒動手，衛二爺就自己伸手了。

衛二爺先是拿起其中比較大的一片碎瓷片，仔細地看了看，隨後又換了幾片，最後，才打量了一下這整堆碎瓷片，搖頭感歎了一句：「可惜了啊！」

「二爺爺，您說的可惜，是什麼意思啊？」阿三在邊上問道。

「難道你沒看出來嗎？這件東西是新近剛打碎了的，還不可惜？」衛二爺沒好氣地白了阿三一眼。那說出來的理由，似乎是天經地義的一樣。賈似道和阿三只能悄悄地對視了一眼，兩個人心裏苦笑不已。

誰不知道這是被胡春剛打碎了的瓷罐呢？就連剛才阿三解說的時候，也還說到了這一點呢。結果，衛二爺倒好，前面不聲不響的什麼話也不說，這會兒倒是替這件已經打碎了的瓷罐可惜起來了。阿三所詢問的，自然不是這件瓷罐被打碎了可惜不可惜的問題，而是想要從衛二爺的口中知道，這件瓷罐是不是真東西。

這也就是賈似道和阿三這麼晚了，還要馬上到衛二爺這邊來的原因。

不過，衛二爺竟然為這件碎了的瓷罐子可惜，是不是可以說明，這件東西真的就是一件開門到代的元末明初的瓷罐呢？

賈似道的眼神不由得就是一亮。

要真是這個答案的話，賈似道和阿三二人一件收上來的瓷器，別看阿三的玉壺春瓶既是完整器型，又出的價格比較高，而賈似道的這件破碎了不說，價格也比較低廉。但是，究竟是誰撿了大漏，還不一定呢。

第八章

交子鈔版殘片

阿三有些詫異地瞥了賈似道一眼，
那眼神看得賈似道很無語，
似乎是在訴說著：小子，你竟然又撿漏了。
這讓賈似道自己都感到，
在這古玩收藏一行，
撿漏的機率是不是也太大了一點？

「二爺爺，您的話，是不是說這件瓷罐是大開門的東西呢？」阿三問道。

也許阿三也有些想法了吧，這會兒再看著賈似道手中的碎瓷片的時候，眼中也多了幾分神采，尤其是按照胡春的說法，這件瓷罐可是和他收購到手的玉壺春瓶從同一個地方挖掘出來的。一般來說，這樣的兩件東西，哪怕不是同一個時期的，也應該是同一古代的收藏愛好者收藏起來的兩件東西，多少會有一點聯繫的。

只要確定了其中的一件東西的真偽，再加上兩者的外在表現，都是元末明初那個年代的，如果賈似道的這件瓷罐是開門的東西，阿三的玉壺春瓶是真品的機率自然也就大大增加了。這樣的推理，很有些運氣的因素。但是，在很多時候，人的思緒卻總是會被這樣的因素所左右著。

也難怪阿三詢問的時候，話語中多了一些激動的情緒了。

衛二爺卻繼續搖頭歎息了一聲，隨後，還特意看了阿三一眼。

賈似道心頭驀然間翻騰起一股別樣的滋味來。他暗暗揣測著，也不知道衛二爺的歎息，是在說阿三的性子呢，還是在說眼前的這兩件瓷器。

「小賈，你怎麼看這件東西？」衛二爺忽然問道，「對了，這碎瓷片，收上來的價格應該比較低吧，你怎麼就看中了這東西呢？」

賈似道猶疑了一下，說道：「這個……」

「主要還是因為，好東西都被阿三和小馬給挑走了。」說到這裏，賈似道還有些訕訕地一笑，有些莞爾地看了阿三一眼：「我對於這件碎瓷罐的品相什麼的，自然是沒什麼好期待的了，只不過因為它是和其他幾件東西一起挖出來的，我琢磨著應該還值點錢，就收了上來。而且，看那個胡大哥的模樣，也不像是行裏人刻意假扮的，故意挖坑來陷害我們。如果其他幾件東西都出手了，就這麼一件碎瓷片還留在手裏的話，我估計他也就只能以更低的價格隨便出手了，再不濟就是扔了都是有可能的。所以……」

「所以，你就發了善心，把東西給收了上來，對吧？」衛二爺嘴角含著一絲笑意，「這樣的善心，在收藏一行，可是要不得啊。」

「是！」對於這一點，賈似道非常明白。

要是在古玩街上，一個行內人突然大發善心的話，勢必會被人看輕。但是在其他地方，比如出去看貨的時候，像賈似道這樣做，雖然也容易被人利用，歸根結底，還是跟一個人的心性有關係。

這就好比是一個人走到熱鬧的廣場上，遇到了一個乞丐湊上前來乞討，你可以大發善心施捨一些零錢，這麼一來，你的本意自然是準備幫助這位乞丐的。但是，這年頭也不乏一些人，刻意利用大家的善心，裝扮成乞丐的模樣來進行「職業乞討」。你的施捨，無非是助長了這些人把這樣的「職業」進行到底的決心罷了。

賈似道的說法，倒是頗有點其他人要來挖坑，就由得他人來欺騙的意思，他自己只求尋一個心安罷了的感覺。

也難怪衛二爺在說教的同時，臉上的神情卻比較欣慰，或許，老人家的內心裏，也是有這樣的善心的吧。

「二爺爺，您還沒說這兩件東西的真假呢。」阿三的心中，倒是對於東西的鑒定結論有些迫切。

「阿三啊，有時候在這收藏上面吧，是不能被自己看到的表面現象所左右的。」衛二爺考慮著，淡淡地說：「就說這兩件東西吧。玉壺春瓶看上去很精美，幾乎完美到以假亂真的地步了。但是，這東西在價值上，卻還是比不過這件碎瓷罐。」

「不是吧？」阿三心裏一愣，「這東西是假的？」

「說它是假的，倒也不能說這東西就一文不值。」衛二爺說道，「從它的造型來看，至少也是民國的東西。而且，你有沒有發現，這件玉壺春瓶看著完整，實則卻是修補過的？」

「修補過的？」阿三有些急迫地拿起了玉壺春瓶，仔細地察看了起來。不過，隨著細緻的察看，阿三眉頭卻越皺越深。倒不是說阿三已經看出了修補的痕跡，而是他壓根兒就沒有看出什麼修補過的痕跡來。

到了這會兒，就連邊上的賈似道都有些好奇起來了。

雖然在賈似道的心中，的確非常肯定，衛二爺所說的玉壺春瓶修補過的話是完全正確的。但是，這樣一個幾乎沒有任何瑕疵的玉壺春瓶，賈似道都是依靠著特殊感知能力，才發現瓶子有修補過的痕跡，這衛二爺怎麼就能一下子看得出來呢？

「呵呵，是不是很難看出其中的痕跡啊？而且，越看越覺得，這東西比較開門？」衛二爺也沒有把自己心中的想法藏得太久，也許是看到阿三這麼認真地察看，依舊是皺著眉頭的樣子，實在是有些辛苦吧。衛二爺在邊上侃侃而談：「在古玩收藏上，看一件新上手的東西的時候，有時候越是真的，越是完美的，就越可能是仿的。」

對於這一點，即便衛二爺不說，賈似道和阿三也能夠理解。

衛二爺說道：「就說這只瓶子吧，正所謂假作真時真亦假，只有你經手的玉壺春瓶多了，經手那個年代相同款式的瓶子，有一定的經驗和手感了，那麼，你在猛一上手一件新瓷器的時候，就能感覺出其中的一些細微區別來。」

衛二爺頓了一頓，才接著說道：「你們可別小看了這樣的細微區別。這其實就是古玩行家的一種直覺、一種手感，真要說起來，收藏的知識積累到一定程度，誰也不會比誰差。但是，這手感卻需要長年累月的歷練。手上的觸感不夠到位，足以讓你們在新上手的時候，思想會被瓷器表面流露出來的完美形態所影響。」

「二爺爺，您說的就是要讓我們多上手真東西嘍？」阿三有些領悟地說，「我倒是想呢。可是身邊哪有這麼多大開門的東西讓我們練手把玩啊。」

「所以我才說，你小子的心態不夠穩重啊。」衛二爺歎著氣說，「沒有開門到代的東西，你就不會從一些高仿的東西入手，去學習一下這些器型的大小和形狀？你就不會從古玩地攤上的贗品中，去找出它們與真品之間的差距？」

一邊說，衛二爺還一邊比劃著，大有恨鐵不成鋼的意思。

而阿三只能低著頭，一副受教的模樣。

這場景，讓賈似道看著，倒是覺得有些像小學老師在訓頑皮的學生一般了。不過，衛二爺所說的這些方法，卻也讓賈似道受益匪淺，至少，對於現在的賈似道來說，是非常有幫助的。

既然沒有辦法接觸到很多開門到代的東西，從一些偏門入手，也不失為一種很好的辦法。說得更白一點，就是苦中作樂了。

「那這件玉壺春瓶？」末了，阿三似乎還有些不太死心，對衛二爺問了一句。

「這件東西的器型是沒有任何問題的。」衛二爺說道，「而且，在修補的過程中，工匠所表現出來的技巧也非常精湛。但是，你看這裏……」衛二爺指了指瓷器表面上的釉色，「這些釉色，是不是很漂亮？」

阿三點了點頭。賈似道也跟著點了點頭。

「而這邊底足部分，你看，就是這裏……」說著，衛二爺又用手指了指：

「這件東西長時間埋藏在地底下，能出現這麼明顯的底足圈紅是肯定的。這恐怕也是你們覺得，這件東西不太可能是做舊的原因，對吧？」

阿三和賈似道，頓時就把頭點得跟小雞啄米一樣。正所謂外行看熱鬧，內行看門道。以阿三和賈似道的見識，雖然不見得每一次過手的時候都能百分之百地鑒定出瓷器的真偽，但是，一些簡單的諸如出土的瓷器底足部分的特徵是不是真實的氧化，還是能夠看得出來的。

不說賈似道吧，就是阿三，要是連這點基本特徵都看不出來的話，那他在古玩街一帶也就白混這麼長時間了。

看到阿三和賈似道的舉動，衛二爺不禁有些好笑地說道：「既然你們都這麼自信自己的判斷，那為什麼還要拿這兩件東西來讓我這個老頭子把關呢？」

「這個……」阿三猶豫了一下，「這不是我們對自己的眼力不放心嘛。再說了，二爺爺您才是這方面的行家啊。」

「行家不行家的，可不是你嘴上說說，就能算數的。」衛二爺說道，「在鑒定瓷器的時候，最忌諱的不是你什麼都不懂，也不是你真的對這件瓷器完全瞭解，最忌諱的就是你對一件瓷器一知半解。其實，那些經常仿製瓷器的人，經常做舊的人，和大多數行業中的造假人一樣，自己本身就是瓷器一行的高手。往往這些人，才是最懂得你們這些新手心態的人。」

「老爺子，您的意思是說，他們會根據我們在看瓷器的時候，怎麼入手的，又是從哪些地方來確定一件瓷器的真偽等這些因素，來特意製造贋品讓我們上當？」賈似道說這話的時候，臉上的神情有些怪異。

「可是，這樣一來，豈不是說所有的贋品，都是非常難以確定的嗎？」阿三說道。他忽然眼前一亮：「對了，應該是只有那些技術高超的做舊者，才會這樣設身處地地去考慮一個鑒定者的心態，這樣一來，因為做舊者本身的能力、心態的不同，古玩市場上的贋品的仿真程度，也就會有著很大的不同了。」

衛二爺聞言點了點頭，說道：「而你收的這件玉壺春瓶，就是仿製水準非常高超的一件東西。但凡鑒定一件剛出土的瓷器，因為從釉色上是不太看得出來具體年代的，只能從器型、紋飾上來判斷，而底足部分的表現，卻因為有泥土、水分侵蝕的關係，顯得格外有看點。」

賈似道和阿三對視了一眼，默契地點了點頭。隨後，阿三還特意從衛二爺的手中，重新接過玉壺春瓶來仔細地察看了一下。衛二爺也不說話，只是在邊上很安靜地等著。約莫過了四五分鐘，阿三這才放下這只玉壺春瓶，拍了拍自己的腦門兒，有些懊惱地說道：「看來，我還真的是著了道呢。」

「哦，你看出來了？」賈似道心裏一動，隨即就到了阿三身邊，有模有樣地打量了起來。

而衛二爺卻有意無意地看著阿三，等待阿三自己提出解釋來。

「我在看瓷器的時候，一般情況下，如果其他地方沒什麼問題的話，還真的是主要看重瓷器的圈足部分。」阿三說道，「正是出於這樣的心理，這件瓷器的修補者，特意把底足部分的裂紋這個地方，給做舊成了被泥水腐蝕的痕跡最為明顯的地方。如果不是仔細、有目的地去看，還真的是容易給忽略過去。」

大多數人一看到底足出現了如此明顯的痕跡，心中早就高興得沒邊了，再加上這件玉壺春瓶的品相實在是沒什麼好說的，也就難怪阿三這樣的人也會打眼了。

「不過，話又說回來，這件玉壺春瓶雖然是修補過的，但是，是一件老仿的東西卻是無疑的。算起來，我也不算是太虧吧。」阿三有些自我安慰地說了一句。

這話惹來賈似道在邊上，嘴角下意識的就是微微一翹。

「小賈，我說你這表情是什麼意思啊？」阿三有些不懷好意地問了一句。

「你說呢？」賈似道倒是沒有掩蓋自己揶揄的表情，甚至在阿三的面前還表現得有些肆無忌憚，最後還對阿三攤了攤手，又指了一下自己收上手的那件碎了的瓷罐子。阿三臉上的表情頓時就有些無語了。的確，他阿三是沒有太過吃虧。但是，相對藍賈似道的撿漏來說，阿三卻有點虧大了。

「小賈，該不是你在收上這件東西的時候，就知道這玩意兒是真的吧？」阿三有些無奈地問道。

「這個倒不是。」賈似道長長地吐出一口氣來，才接著說道：「要是我覺得這東西是假的話，即便再便宜，我也不會去收上手吧？我家又不是賣瓷器的。」這最後一句話，聲音很輕，但是，賈似道說出口的時候，神情卻很坦然。

以賈似道現在的身價，想要在古玩瓷器一行攪風攪雨的話，他還的確有這樣的實力。

不說賈似道現在手上現金有多少吧，就以其在賭石一行的發跡史來看，哪怕就是現在手頭因為翡翠店鋪開業在即，沒有特別富裕的流動資金，但是，如果真想要插手瓷器一行，尤其還是在臨海這樣的縣城，還是足夠了的。

「小賈收上來的這只大瓷罐，是屬於典型的明初孔雀綠黑花瓷。」衛二爺說道，「阿三，你知道這類瓷器的燒製程序吧？」

「知道，知道！」阿三連忙應了一聲，「這個孔雀綠黑花瓷，就是先將白瓷黑花燒成，然後把孔雀綠釉罩上，再燒一次。這種瓷器的外觀比較華美，盛行於元末明初年間。而且，在這之後，孔雀綠雖然也出現過不少，但是，卻再也沒有當時燒製出來的孔雀綠的透亮和鮮豔了。」

「呵呵，基礎知識掌握得不錯嘛。」衛二爺對阿三贊了一句，「那你再看這個大罐，和你那件玉壺春瓶有什麼不同呢？」

「這個，我就不好說了。」阿三輕聲說道。心裏或許還在嘀咕著：要是我知道這玩意兒是真的，而玉壺春瓶是老仿的東西，我怎可能會本末倒置地去撿這件玉壺春瓶呢？

「你倒是老實。」衛二爺輕笑了幾聲，轉而看向賈似道。賈似道連忙也跟著搖了搖頭。具體來說，賈似道雖然知道孔雀綠黑花瓷器，也知道自己收上的這件碎了的大罐就算不是開門到代的東西，就是民國年間老仿的，但是，具體是如何判斷的，以賈似道現在的眼力，無疑還要多學習學習。

衛二爺子伸手拈起了幾片瓷器的碎片，一邊仔細感觸著，一邊解說道：「以我的經驗來判斷，這件大罐應該是出於明初的澤州一帶，你們仔細地看看，就在這裏，就光是這片瓷片，內釉在一片純白中，略微閃現出一絲黃色，黑花似龜甲，而且在瓷器的表面還有比較大的開片紋，尤其重要的是，外面的孔雀綠釉極透亮，十分搶眼。」

「那老爺子，您的意思是說，就光從表面的釉色來看，就能鑒定出這件瓷器的具體年代了？」賈似道認真地問了一句。

「在鑒定上，想要鑒定一件瓷器是不是做舊的，其實是非常容易的事情。只要你找到了其中的一個地方，能證明這件瓷器是做舊的，那麼，這件瓷器就肯定是做舊的了。」衛二爺瞇著眼睛說，「當然，你找出來的那個做舊的地方，一定要是正確的。不然，結果可就不好說了。但是，要是想鑒定一件瓷器是真品，則需要鑒定瓷器的方方面面。這裏面固然有不同方面的因素，但僅僅是從瓷器表面的釉色來判斷，顯然是很不夠的。」

「二爺爺的意思就是，鑒定瓷器，很大程度上還是靠一個鑒定專家本身的積累和功力，對吧？」阿三在邊上附和道。

「那麼這件碎了的大罐，能值多少價錢呢？」賈似道緊接著阿三的問題之後，也把自己心中的疑問給提了出來。對於一件明初的孔雀綠黑花瓷器，並且還是碎了的，賈似道自己可估計不出價錢來。

「這件瓷器，從保存下來的各塊碎瓷片來看，還是比較完整的。」衛二爺說道，「應該是剛剛被用硬物敲擊了，才導致這樣的結果的，應該沒什麼大的問題。這也是判斷這件瓷器的年代的一個因素。至於這件瓷器的價格，要是完整器型，沒有破碎的話，按照現在精品瓷器要比玉器貴的行情來看，初步估算，沒有個五六百萬，還真拿不下來。」

「這麼多？」阿三心裏有些訝然。

「那你以為呢？」衛二爺瞥了阿三一眼，似乎是覺得有點孺子不可教也的感覺，隨後，才不無歎息地說：「可惜是碎了的，唉，而且，還碎裂得非常徹底。能不能出手個好價錢，就要看小賈你找到的修瓷高手的能力了。」

瓷器的修補，同樣是一門非常高深的學問。

說起來，賈似道的家中，也還有一件碎瓷器是需要進行修補的呢。

一想到這裏，賈似道的腦海中驀然地閃現出一個活潑可愛的身影——李甜甜！要不是她說她的那位小姨，在回國之後，人在北京那邊兜了一圈沒有回到上海，而那會兒，賈似道自己又去了廣東那邊賭石的話，說不定，賈似道家中的那件碎瓷器，現在就已經可以以一個完整器型亮相了呢。

「小賈，你認識修瓷方面的高手嗎？」阿三問了一句，隨即也不等賈似道回答，一拍自己的腦門兒，說道：「瞧我問的。不要說是小賈你了，就是我在臨海的古玩街這邊混跡了這麼久，也沒有見到手藝高明到可以修補五六百萬瓷器的人呢。」

這句話中，隱隱有了幾分瞧不起賈似道在瓷器一行的人脈的意思。不過，賈似道也知道阿三就是這麼個性子，在賈似道或者是康建等人面前的時候，都是有什麼就說什麼，倒也不是他真心覺得賈似道不適合玩瓷器。

要不然，以阿三小心翼翼的個性，即便心中是這樣想的，也不會明目張膽地說出來吧？更何況，到了這會兒，阿三自己都不覺得，他的話裏還存在這樣一種意思在裏面呢。他依舊在為賈似道懊惱著，好不容易撿了個漏，結果卻因為修瓷方面的問題耽擱了，這可不是什麼得意的事情。

「對了，二爺爺，您能介紹一個修瓷水準比較高的人給我們認識嗎？」到了最後，阿三只能把問題推給了衛二爺。誰讓現在三個人裏面，就是衛二爺的人脈最廣呢？

「修補瓷器方面，我認識的人也不是很多。」衛二爺考慮了一下，最終也沒有給出一個滿意的答覆出來：「臨海這樣的縣城，終究還是太小了啊……」

也許是因為阿三的問話，衛二爺感到即便是他也覺得棘手吧，最後說的那句話，語氣中倒是多了幾分愁悵。衛二爺很快就轉移了話題，說道：「小賈，看你的樣子，你這一趟的收穫，可不止是這件碎瓷器啊？都拿出來看看吧，在老頭子我的家裏，不用這麼見外。」

「好的。」賈似道說，「不過，我手上的這第二件東西，可不是故意要藏著掖著的，因為不是瓷器，所以我才一直沒有拿出來。」說著，賈似道很利索地就把「鐵疙瘩」給放到了茶几上，擺在碎瓷片的邊上：「我琢磨著，這件東西，應該也是一件老東西，卻不知道是做什麼用的，還請老爺子您給看看。」

「哦，不是瓷器？」衛二爺先是有些驚訝，不過，也許是想到了賈似道在玩瓷器的同時，似乎對翡翠、古代錢幣都比較有興趣，這會兒再弄出些什麼別的來，也還算是在情理之中。只是，在衛二爺拿起「鐵疙瘩」仔細地瞧了瞧之後，臉上原本還有些考究的神情卻忽然不見了，取而代之的是一臉謹慎。

賈似道心裏就是一突，問道：「老爺子，難道這東西不對嗎？」

「小賈，你先說說你的看法。你收上這件東西的時候，真的只是覺得這東西是老物件，就收上手了？」隨後，衛二爺還看向阿三，大有詢問阿三究竟是怎麼回事的架勢。

賈似道點了點頭，阿三也附和了一聲：「還真是這樣的呢。那邊一共就五件東西，我看中了玉壺春瓶，小馬拿到了一件玉器、一個陶盆，品相都還算是不錯的。剩下的兩件，就是小賈手上的，卻都是殘品。」

「呵呵，小賈應該是跟著你們一起去，讓你們兩個先選的吧？」衛二爺看著阿三有些尷尬地點了點頭，絲毫不覺得這個時候在阿三的尷尬上加點批評有什麼不對，說道：「你和小馬兩個，還真是好眼力啊。小馬的東西我沒看到，暫且不說，就衝小賈的這兩件東西，可都是好東西。如果我沒看錯的話，這可是一件交子鈔版殘片。」

「交子鈔版殘片？那是什麼東西？」賈似道和阿三幾乎是異口同聲地問道。

「小賈，你最近不是在收集古代銅錢嗎？這『交子鈔』是個什麼東西，總應該是知道的吧？」衛二爺笑著說，「至於這殘片吧，自然是說這件東西不完整了。我想，要是東西完整的話，恐怕也不會被阿三和小馬兩個人錯過，而被小賈你給撿漏了。要知道，這幾件東西的價值，我琢磨著可能也就是小賈你收上來的這兩件殘品中比較值錢的了。」

說著，衛二爺特意跟阿三說了一句：「阿三，要是有空的話，讓小馬把那兩件東西也一起送過來，讓我過過眼。說不定那件陶盆，也是個不錯的東西。」

「是！二爺爺！」阿三答了一句。不過，聽到這裏之後，阿三卻有些詫異地瞥了賈似道一眼，那眼神看得賈似道很無語，似乎是在訴說著：小子，你竟然又撿漏了。

這讓賈似道自己都感到，在這古玩收藏一行，撿漏的機率是不是也太大了一點？

當然了，要是讓阿三知道了賈似道這會兒內心的想法的話，說不定阿三會跳起來，把賈似道給掐死的心都有了。

「首先，這塊東西並不是你們所說的『鐵疙瘩』，而是青銅製作的。」衛二爺說道，「從上面的形態來看，這東西原本的模樣已經非常不清晰，僅僅就是表面上的一些花紋、符號，還算有點交子鈔版的感覺。」

說著，衛二爺在手裏掂量著這塊青銅殘片，來回察看著，又仔細地看了看斷口處，隨後用手輕輕地撫摸了一下，才接著說道：「這缺口處表現得凹凸不平，很可能是受到了外力巨大的作用力，從側面撞擊形成的。另外，你可別看這東西現在長寬都比較明顯，也是一件從大體上來說是屬於長方體的玩意兒。但是，真正的交子鈔版，卻要比這個大上很多，而在形態上，這塊的長度，僅僅是完整形態的寬度，而現在的寬度，才是原先的長度。」

衛二爺的話，倒也是讓賈似道有種豁然開朗的感覺。

在剛拿到這件青銅殘片的時候，賈似道可就對於這上面的符號、紋飾之類的不太明白，這可是斷定這東西是不是交子鈔版的依據呢。而因為沒有見過真正的交子鈔版，賈似道自然也就無從知道具體的長寬高的規格了。

「二爺爺，那麼這件東西是什麼年代的呢？」阿三在邊上詢問了一句。畢竟，交子鈔版的出現自然也就意味著「交子」的出現。對於「交子」這玩意兒，阿三這樣入了古玩行的人自然是非常明白的，最早是從北宋年間開始的有。如此一來，對於這件交子鈔版殘品的年代上的斷定，也就顯得格外重要了。

說不定在阿三的心中，這會兒的想法就是，眼前的交子鈔版殘品最好就是北宋年間的第一塊交子鈔版呢。儘管這東西的所有人是賈似道，但是，對於阿三這樣的收藏愛好者而言，能夠經手如此珍品，也是一種享受。

更何況，雖然是賈似道的，但也還是阿三和賈似道一起去收上來的，以後說出去，在古玩收藏一行也是一種資本不是？

「具體的年代，我也不太清楚。」衛二爺笑瞇瞇地說，絲毫不覺得他也有不知道的東西有什麼不好意思的。而賈似道和阿三心中都有些肅然起敬，畢竟，衛二爺是擅長瓷器鑒定的，現在能看出眼前的這件青銅殘品是古代「交子鈔版」，就已經很不錯了。

「如果你們想要知道具體年代的話，還是去請教一些這方面的專家吧。」衛二爺說道，「我只是覺得這上面的紋飾、符號都沒怎麼見過。可能存世的數量比較稀少，在價值上可能也是比較高的。」

賈似道點了點頭。

不過，與此同時，賈似道的心中倒也沒有抱太大的希望。畢竟，這件東西是個殘次品，並不完整。要是能聚集起一塊完整的交子鈔版的話，那樣的價值，就遠不是賈似道手裏的這一小塊殘片能夠比的了。

回到家中之後，賈似道特意從網路上查找了一下交子鈔版的資訊。雖然不是非常完整，卻也明確地知道，這東西最早是出現在北宋時期，是在四川那邊發行的。此外，賈似道對於自己手中的這件「交子鈔版」殘片，究竟是屬於哪個年代的，也著實是沒有任何頭緒。

看了看時間，賈似道原本還計畫著下鄉收東西回來之後，再去一趟儲藏室那邊呢，這會兒卻已經比較晚了，即便是去那邊，手下的雕刻師傅們應該也已經收工了吧？要知道，他們可不像賈似道這樣，有時候熬夜，然後第二天什麼時候起床都可以，他們可是需要一大早就起來上班開工的。

如此一來，賈似道便也粲然一笑，繼續在論壇上閒逛了一下，兀自入睡了。

第九章

古玩街的底蘊

在古玩街這邊，
誰家的店鋪要是用電腦排出來的字體當成招牌，
估計不出兩天，這家店鋪就可以關門大吉了。
這就是一個圈子裏的規矩，
說白了，也是古玩街的底蘊所在。

第二天，阿三一大早就打了電話給賈似道，說是聯繫到了一個在古代錢幣方面比較出名的專家，就在臨海縣城的邊上。由於距離不遠，賈似道當即和阿三帶著交子鈔版殘片前往。經過專家的初步鑒定，這東西年代應該是宋代的。巧的是，阿三找的這個專家的一個朋友手中，也有類似的交子鈔版殘片，還被拍了下來，有照片對照，看得出和賈似道這塊非常相似。說不定賈似道還有機會從全國各地的古玩市場上，收到一副整齊的交子鈔版呢。

現在既然能出現一塊交子鈔版的殘片，賈似道手頭又有了一塊，難保在全國各地就不會再有第三塊、第四塊。

當然，賈似道想要集齊這種交子鈔版殘片的想法，也不過是一瞬間的想法而已。真要說起來，這種事情只能寄希望於巧合了。不然，天曉得那些交子鈔版殘品是不是在流傳的過程中消失了，或者，還被埋藏在哪個角落裏，壓根兒就還沒有被人發現呢。

從專家那裏出來，賈似道和阿三分開，自己先回到了別墅，把交子鈔版殘片給存放在地下室裏。然後，賈似道就到了儲藏室，和小許幾個人商量「紫眼睛十二生肖」的雕刻問題。最終的意見，倒是和先前商量的一樣，並沒有什麼大的變動，無非就是胸針、耳釘、戒面之類的，至於最後多餘出來的幾塊，因為考慮到翡翠料子的大小以及數量問題，大夥兒一商量，琢磨著還是用來製作成項鏈比較合適。

畢竟，一共有十三塊翡翠料子，除去剩下一塊用作「原生態」的處理之外，其餘十二塊都是要雕刻成「十二生肖」形狀的。雕刻成蛇形耳釘的料子確定了，胸針因為需要考慮形狀，也選用了剩餘的這些料子中稍微狹長一些的來雕刻成龍形胸針，至於用作雕刻翡翠戒面的則是一塊四平八穩的「紫眼睛」。

這樣的選擇，也算是保證了這些翡翠料子的最大利用率。誰讓這十三塊翡翠料子中，就有一塊的個頭兒是格外突出的呢？如此一來，用它來製作單獨的翡翠戒面，也就在情理之中了。

原本賈似道還考慮到，是不是可以用這麼一塊最大的翡翠料子來雕刻成翡翠項鏈中的一大塊掛墜，這樣一來，整串翡翠項鏈無疑會顯得更加有分量一些。

沒見到大街上、商鋪裏，各種項鏈都有著掛墜嗎？

不過，小許卻提出，如果用來製作項鏈的九個「十二生肖」翡翠小塊，只突出了掛墜這一塊的話，無疑會減弱了其他八塊「十二生肖」，還不如乾脆把這一塊稍顯突出的「紫眼睛」用到單獨的戒面上呢。這樣一來，翡翠項鏈的整體效果無疑會更加平衡一些，也不會顯得太過突兀。

為此，賈似道仔細琢磨了一下，也點頭應承下來了。要不然，單獨的翡翠戒面和翡翠項鏈中串聯起來的普遍翡翠飾品一樣大小的話，也實在是有些說不過去。不說「十二生肖」翡翠項鏈中各自每一塊的形狀多麼千差萬別吧，眾人都覺得，要是「十二生肖」中唯獨有這麼一塊非常大的，也有些礙眼。

而翡翠戒面上需要雕刻的圖形，也不是想當然的就用十二生肖中比較大塊頭的牛、老虎、馬、豬這些形象，而是選擇了排在生肖第一位的老鼠。

「既然老鼠是十二生肖中的第一位，總應該有著它的特殊性吧。」小許這樣說道。耳釘、胸針都是從形狀上考慮的，輪到戒面的時候，選擇用老鼠來定造型，也算是個不錯的理由。

於是，在設計上，就是一隻臥著的，把尾巴盤在身邊的老鼠的形態。

「這還真是一隻大老鼠呢。」賈似道笑著感歎了一句。剩餘的九塊翡翠，自然是根據各個生肖的形態特點，被小許三人很好地規劃了出來。唯一一塊用作「原生態」的「紫眼睛」，賈似道仔細一看，也熟悉得很，竟然就是小許原先計畫用來設計成「猴子偷桃」的那一小塊。

隨後上到三樓，賈似道先把用不到的這一塊翡翠料子給收藏了起來，而餘下的十二塊翡翠料子，他則好好地放在手中掂量起來，在雕刻之前，首先需要熟悉的就是各塊翡翠料子的整體形態，多多把玩，能幫助賈似道儘快地掌握翡翠料子的大小、凹凸點之類的特徵。而在這些翡翠料子上，直接就畫有設計好的圖形，另外，在紙張上，也有著雕刻時需要注意到的一些細節問題，甚至是完整的全方位圖案。

要知道，從翡翠雕刻上來說，賈似道的技藝是比較獨特了，卻不能掩蓋賈似道是個新手的缺陷。

現在看到這張詳細的雕刻圖紙，足以看出小許幾人的用心了。

賈似道心裏感歎了一句，自己是不是應該給這幾位員工漲一點工資了呢？不過，考慮到開業在即，賈似道倒是覺得，在開業之後給幾位員工發個大大的紅包，是個很不錯的主意。而一想到翡翠店鋪的開業，賈似道也不由得開始仔細認真地雕刻起自己手頭的翡翠飾品來。

算一算時間，想要在開業之前把整套「十二生肖」都給雕刻出來，實在是一件不可能完成的任務。這樣一來，賈似道只能先從胸針、耳釘和戒面入手，好歹也可以拿著這三件作品，拿到翡翠店鋪裏湊個數。順帶的，也可以把那一塊純天然的「紫眼睛」給帶過去。

一想到這裏，賈似道的腦海裏就想像出，喜愛翡翠的愛好者在見到這些極品紫色翡翠的時候，臉上複雜多變的表情該會是如何驚訝和誇張了。

正如賈似道第一眼看到這些「紫眼睛」的時候一樣，那種驚詫，絕對不是沒有任何實物參考就能想像得出來的。

第二天中午，王彪打來電話說那一小塊藍水翡翠料子，因為在打磨的時候，最後一道工序中發生了一個小小的意外，要是想要趕在賈似道的翡翠店鋪開業的時候把雕刻完成的成品給送到臨海來，是不太可能了。

電話裏，王彪還特意問了一句：「小賈，你就實話說吧，對於我這邊的這件藍水翡翠作品，你那邊的店鋪開張是不是一定要用到？如果是一定要用到的話，我就再去催一催。我想，也許還是有辦法可以搞定的。」

對此，賈似道還能說什麼？

在翡翠料子的雕刻中，偶爾出現一些小意外，也是在所難免的。哪怕就是請一些雕刻名家來進行雕刻，也不能避免這樣的情況。無非是那些名家，在雕刻的時候，事先會對整件翡翠料子的紋理走勢進行一番深入的瞭解，而且在設計翡翠飾品形態的時候，大多數都會根據翡翠料子的大小、紋理、顏色來進行，從而做到儘量避免在雕刻的過程中出現問題。

但是，這也僅僅是盡力而為。要是一個雕刻師傅在一生雕刻作品的過程中都不出現任何問題，那麼，他就不是人，而是雕刻行業的神了。

賈似道苦笑著答了一句：「王大哥，既然那邊趕不過來，也就不用勉強了。我這邊的翡翠飾品在樣式上、品質上還是足夠撐得住場面的。想要你那邊的那件藍水翡翠飾品，是為了增加一些翡翠的色彩多樣性。」

「呵呵，如此說來，要不要我從公司裏給你帶幾件藍色翡翠飾品過去啊？」王彪在聽了賈似道的話之後，很快就明白了賈似道的處境，還提出了一個讓賈似道有些心動的辦法來。

「我看……」賈似道琢磨了一下，「還是算了吧。」

畢竟，人家的東西，終究是人家的。那件藍水翡翠飾品裏，雖然有王彪的股份在，但是好歹那件東西出錢最多的是賈似道，那麼賈似道在自己的翡翠店鋪開張的時候用來裝飾一下門面，自然是無可厚非的事情。但要是僅僅為了這個理由，就要那邊的雕刻師傅在發生意外的情況下，還千趕萬趕地硬趕出來，萬一在雕刻或者打磨的時候，再出現一些紕漏，就有些得不償失了。

這也是賈似道考慮了一下就拒絕了王彪的建議的原因。

現在自己的翡翠店鋪開張在即，店鋪內的翡翠飾品還需要向別人借，即便王彪、劉宇飛這樣的翡翠大商家不會介意，賈似道自己也會不好意思的。

問了一聲王彪是不是可以趕得上國慶這天的開業，得到確定的答覆之後，賈似道掛了電話，心裏暗自給自己鼓勁。看來，這些「十二生肖」在翡翠店鋪開張的那一天展出是必然的了。

至於究竟要以什麼樣的形式出現，比如是計畫中的三件套：蛇形翡翠耳釘、龍形翡翠胸針、鼠形翡翠戒面，還是要在接下來的三五日之內就趕出所有「十二生肖」套件，賈似道輕輕地歎了一口氣，心裏琢磨著還是按照預定計劃來實施吧。

一來，時間上不太允許，即便賈似道可以趕工雕刻出七八件「十二生肖」來，但是想要一套十二件全部雕刻出來，實在是太趕了，容易出錯不說，也會影響到這一套翡翠飾品的整體品質。

二來，在自己的「綠肥紅瘦」店鋪開張之後，就是省城的珠寶展了，如果同樣一套翡翠飾品，在臨海這邊先出現了一回，過了三五天之後，就又在省城珠寶展上出現，那也顯得「綠肥紅瘦」太小家子氣了。

賈似道可不想給自己的翡翠店鋪，造成一種沒多少件極品翡翠飾品的印象。

在開業的時候，先拿出「十二生肖」中的三件以及天然原生態的「紫眼睛」，然後到了省城珠寶展那邊，再全部拿出十二件作品，就能持續不斷地給人震撼的感覺，彷彿「綠肥紅瘦」翡翠店鋪內的翡翠珍品無窮無盡一樣。

當然，如此一來，在翡翠店鋪開業的時候，除去「十二生肖」中的三件飾品之外，其餘的珍品翡翠飾品展出就需要好好計畫一下了。

賈似道在三樓的儲藏室裏，把所有存放翡翠成品的格子都給打開來，此外，把那些小件的比較上乘的翡翠料子也全部取了出來，相互比較了一下，從顏色、質地、水頭等方面，全面地考慮了一下，當即就取出了不少翡翠料子，給送到了一樓。

許志國在看到賈似道的計畫之後，拍了拍自己的腦門兒，嘀咕了一句：「老闆，你這可是極度壓榨我們幾個人的勞動力啊。我嚴重地抗議，我們要增加勞動報酬。」

「就是，即便不增加工資，給我們一點其他獎勵，也是應該的嘛。」另外一位年輕雕刻師傅站在許志國的邊上，起哄道：「要不然，老闆你就再拿出這麼多極品翡翠料子來讓我們雕刻吧。拿得越多，就顯得老闆您的誠意越大。」

「你還真以為我家是開礦場的啊，極品翡翠料子要多少就有多少？」賈似道無語地說，「即便是開礦場的，也不可能在短時間內切出無窮無盡的極品翡翠料子來讓你們雕刻吧？」

「老闆，我覺得您現在擁有的翡翠料子，比那些開礦場的公司都要多得多了。」許志國笑著說，「至少從切出極品翡翠的機率來說，您這邊出高品質翡翠料子的機率是我這輩子見過最高的了。」

「你小子才幾歲啊，還這輩子呢。」賈似道沒好氣地笑道。

許志國卻詫異地看了賈似道一眼，隨後詭異地一笑，輕聲說道：「老闆，您似乎沒有意識到，您比我的歲數還要小一些吧？嘿嘿，我這說的可是實話哦。」

說著，他就輕笑著把賈似道送過來的翡翠料子都給分攤了出去。

誰讓賈似道受到王彪那邊藍水翡翠飾品不能如期運送過來的刺激，從而找了很多極品翡翠料子來讓許志國幾人雕刻呢？短時間內，想要靠許志國一個人，壓根兒就不可能完成任務。

幸好許志國剛到臨海這邊的時候，就已經知道賈似道是準備自己開翡翠店鋪的。中低檔的翡翠飾品、掛件，已經準備得差不多了。剩下這幾天，這幾位雕刻師傅只要和賈似道一起努力雕刻出幾件撐場面的極品翡翠飾品就可以了。

而這樣的工作，對於翡翠雕刻師傅們來說，可是難得一遇的。

任誰在工作的時候，都會選擇好的翡翠料子來雕刻，而不會選擇那些沒有什麼太大價值，連雕刻完成之後的款式都是千篇一律的低檔翡翠料子來雕刻吧？

努力了差不多一天一夜的時間，稍微休息了一會兒，當賈似道在第二天上午，把「十二生肖」中自己親手雕刻的三件作品交給許志國進行最後的拋光工序時，不管許志國幾人看著活靈活現的翡翠生肖是如何動人心魄，嘴裏又發出了如何溢美的讚歎聲，賈似道都無暇顧及了，臉上也沒有絲毫得意之情。

匆匆和許志國幾人道了別，賈似道趕緊就開車去了車站，準備迎接一個人。

只因為，剛才父親給他打了一個電話，告訴他母親已經坐上了前來臨海縣城的汽車。

賈似道心裏不由得就是一緊。

這可算是不告而來了吧？不過，很快的，賈似道心中就被一片溫馨填滿。說起來，自從賈似道開始賭石以來，這麼長時間了，賈似道還只回過一次家呢，也就是只見過一次母親。而對於自己目前所擁有的財富，也還沒來得及完全告知父母。甚至，賈似道還僅僅告訴了他們一個縮水了很多的數字。

在這個世界上，還有比父母更親的人嗎？

賈似道是希望兩老多享受一些福的。他如此這般費心盤算，想著要如何安排父母的工作，又或者如何向兩位老人家解釋自己現在正在做的事情，又不會給他們的生活帶來困擾。賈似道可算是想破了腦袋，也沒有想出一個完美的方案來。

不過，父母終究是父母，賈似道對他們的性格有很深的瞭解。不管怎麼說，走母親路線，絕對是正確之極的。

下了車，站在車站的候車大廳，賈似道有些焦急地連著抽了好幾根煙，也沒有想好見到母親後要說的第一句話。

「老媽，你兒子最近發達了，所以，你以後乾脆就不用幹活，可以享福了。」

「老媽，你看你，都到臨海這邊來了，還帶這麼多東西來做什麼？」

「老媽，你怎麼看起來有些瘦了呢？」

賈似道一連想了好多話，似乎都有堵在嗓子眼裏，說不出口的感覺，而眼神卻下意識地瞅向下客區那個方向，滿心期待著從自己老家到這邊的班車的到來。賈似道心裏還在兀自感歎著，要不是自己的疏忽，又怎麼會讓母親一個人坐著班車到縣城來呢？

不過，在上次回家的時候，自己說的要母親過來幫忙的說法，現在看來似乎還算是比較完美的。至少從母親能親自過來這一點來看，母親顯然接受了自己最近因為有朋友的介紹而開始玩古玩，賺了不少錢的事實。

而賈似道猜測著，母親沒有讓自己去老家那邊接，就自己趕了過來，想必是存了還不太相信自己賺了很多錢，想要突擊過來看個究竟的心態。另外，也有不想麻煩自己去接的因素吧。

賈似道有些焦急地看了看時間，父親只說了母親已經上車了，卻沒有說具體時間，從老家到縣城的班車，幾乎是二十分鐘就有一班，賈似道也不知道母親究竟是乘坐哪個班次的車。

賈似道只能拿出手機來，先給阿三去了個電話，兩個人統一好了說辭，免得到時候母親問起來，阿三給說岔了。畢竟，把阿三這個「領路人」給推出來，是必須的事情。

不過，真要說起來，阿三還真是賈似道在古玩一行的領路人呢。掛上電話之後，賈似道嘴角流露出淡淡的笑意，轉眼間就看到母親從車上下來，果然如賈似道預料的那樣，拎著一大包東西。幾乎不用打開那個包裹來看，賈似道就完全能想像得出來，那裏面肯定少不了自己喜歡吃的一些東西。他快速走了過去，很順手地接過了母親手裏的東西，喊了一句：「媽！」

賈似道卻很難再說出別的話來，敢情剛才預想好的那些話，一句都沒有派上用場。倒是母親仔細地看了看賈似道，嘴裏叨念著：「是你爸告訴你我過來的吧。你看看你，比起上次回家的時候，又瘦了一些。不過，這麼一看，模樣倒是更精神了。」

賈似道咧了咧嘴，無語了。

「對了，你說的那個什麼賣翡翠手鐲的店鋪，在什麼地方？快帶我去看看。」母親笑著說道，果然直奔主題：「我跟他們說，我兒子在臨海開店鋪賣手鐲了，隔壁老王家的人竟然還不太相信，說這東西很貴的，沒點資本根本就玩不轉，可千萬別被人給騙了。這回啊，我過來考察好了，回去再看他們怎麼說。兒子，你跟媽說，你沒有騙我吧？」

「媽——」賈似道有些受不了母親的話了，隨即眼珠子一轉，說道：「你呀，這次既然過來了，就甭想著近幾天就回去了。」

「怎麼，你還想把老媽給扣押在臨海這邊啊。」母親笑著說了一句。然後一邊非要讓賈似道先帶她去看看翡翠店鋪，一邊則開始有一句沒一句地詢問起賈似道最近的生活情況來。可憐天下父母心吶。

賈似道也不著惱，雖然母子倆之間的問答都是漫無邊際的廢話，有一搭沒一搭的，賈似道卻有點樂在其中的感覺。賈似道還投其所好地問了一聲，母親手上的包裹裏都有些什麼東西呢，結果，母親自然是眉開眼笑地說起老家的饅頭、黃豆來了。

「這車是誰的啊？」母親好奇地問了一句。賈似道會開車，母親倒是知道的，畢竟，在賈似道還沒有找到工作的時候，父母還曾計畫過讓賈似道去開計程車呢。

「我自己的唄。」賈似道順手打開了車門，讓母親坐進去，坐穩當了，才接著說道：「就只許你兒子我開個賣翡翠手鐲的店鋪，難道就不許我再買輛車了啊？」

「說得也是。」母親沉吟了一陣，「都已經開店鋪了，自己有輛車也方便一點兒。」不過，母親也不是這麼好糊弄的，眼前這輛奧迪Ａ６，在臨海這樣的縣城裏也還算是不錯的了。如果是作為一個成功商人的代步車，自然是比較合適的。但是，對於開店的幫助，比如運送貨物什麼的，卻顯得有些不合適。

到了古玩街這邊，賈似道把車停好，因為「綠肥紅瘦」的位置就在街角，賈似道和母親也沒走幾步路就到了。

「怎麼這地方的人這麼少啊。」母親剛一下車，微微打量了一下四周的環境，就開始嘀咕起來。再看這會兒的古玩街，本來就不是集市的日子，又接近中午時間，街上沒什麼人也是正常的。

賈似道只好耐著性子解釋了一句，說道：「平日裏，這邊的人的確是不多的。只有到了週末的時候，那才叫一個熱鬧呢。」說起這話的時候，賈似道的腦海裏忽然回想起自己第一次和阿三到古玩街這邊的時候，那一副有些吃驚的模樣，臉上不覺地就露出了幾分回味的感覺來。

「想什麼呢……」母親看了賈似道一眼，隨後，打量的眼神更加迫切了一些，似乎是在尋找著究竟哪間店鋪是屬於賈似道的，還問了一句：「對了，剛才我忘記問了，這邊的店鋪租金貴不貴啊？」

賈似道趕忙答了一句：「這邊的店鋪很難租到的。我接手的時候，也是因為朋友幫忙，剛巧有個店主去外地做生意了，這邊的房子空了下來，就全部都盤給了我。」

賈似道正說著呢，就瞅到了阿三的身影，從翡翠店鋪裏走了出來，賈似道把阿三給母親介紹了一下。聽說就是眼前的人領著兒子走進了古玩這一行，母親顯得十分熱情。

阿三嘴裏喊著「伯母」，卻掃了賈似道一眼，賈似道也看著阿三莞爾。母親對於阿三的熱情，那是在賈似道的預料之中的，不過，以阿三平時表現出來的性子來看，賈似道琢磨著他的大大咧咧恐怕不太會討家長的喜歡吧？

誰知道母親見到阿三之後，卻似乎直接忽略了賈似道的存在，反而和阿三攀談了起來。本來，賈似道還想著湊上去聽幾句、湊個熱鬧呢，結果，卻被母親狠狠地瞪了一眼，頓時就愣了一下，落後了兩個人一步。而從隱約聽到的幾句話來猜測，賈似道琢磨著，恐怕還是母親不太相信自己在這麼短的時間內，就有了如今這麼多的財富，從而產生了懷疑吧。

不過，母親的舉動，卻讓賈似道有種啼笑皆非的感覺。

三個人一起走進裝修完畢的翡翠店鋪。在店面的門框上方，懸掛著一塊黑底金字的牌匾，上面書寫著「綠肥紅瘦」四個大字。

為了這幾個字，賈似道可是付出了不小的代價。

不過，看著那龍飛鳳舞中又帶著幾分遒勁感覺的字體，賈似道抿了抿嘴，感覺也算是物有所值了。一家店鋪的招牌，可就是一家店鋪的臉面啊。相比起這年頭大多數廠家自己的廠房門口豎個美工體的牌子而言，賈似道看著都覺得寒磣，都恨不得自己上去寫幾個字來掛著呢。

尤其是在古玩街這邊，誰家的店鋪要是用電腦排出來的字體當成招牌，估計不出兩天，這家店鋪就可以關門大吉了。

這就是一個圈子裏的規矩，說白了，也是古玩街的底蘊所在。

賈似道店鋪的「綠肥紅瘦」四個字，雖然算不得名家手筆，卻也是阿三請了臨海地區有名的書法家給寫的。再加上，賈似道所經營的是翡翠方面的東西，用阿三的話來說，這樣的字體已經是可以拿得出手了。要是經營書畫類的，說不定還真需要請一個不說在全國吧，也應該在全省出名的書法家來題字呢。

進入店鋪大門之後，撲面而來的，就是一股現代和古典結合的氣息。燈光、櫃檯無疑都是非常現代的擺設，而店鋪四周的牆壁上，更多運用了一些古典設計，像是木材的熏烤，而至今迷香未散的那種氣息，或者就是一些細節上的處理，現代的風格和古典的意蘊，形成了鮮明而強烈的對比。

進門之後，左手邊自然是通向二樓的樓梯了，二樓的擺設賈似道已經去察看過了，沒什麼好說的，樓道兩側多的是一些用來懸掛小件翡翠飾品的地方，金屬和木製的框架搭配在一起，即便現在還沒有擺放上翡翠飾品，就已經顯現出一派亮晶晶的感覺了。

而整條樓梯的架構，在經過設計之後，樓梯底下的一些區域，更多的是用來擺放翡翠原石的，或者是一些切石切到一半的那種開窗的翡翠原石，甚至就是翡翠料子。這個想法還是阿三提出來的。

現在這年頭，大多數翡翠店鋪出售的都是翡翠成品，對於翡翠料子的源頭——翡翠原石，卻很少介紹。除非是去專業的賭石市場，要不然就只能在古玩市場上偶爾驚鴻一瞥才能看到了。

賈似道的翡翠店鋪裏，準備在樓梯下面這個區域中好好地做一些文章。

從外表來看，各種質地各種顏色的翡翠原石，應該都會收集上一些，然後擺放出來，以供翡翠愛好者來察看。此外，像是「十二生肖」中那塊「原生態」的「紫眼睛」，賈似道也會擺放到這個區域。

而右手邊，則是和大多數翡翠店鋪一樣，一個長長的玻璃櫃檯，或許是考慮到翡翠飾品繁多的問題，特意分成了兩層。在展示區域，下面的一層窄，上面的一層則要寬一些，像翡翠手鐲和翡翠戒面，到時候都會擺放在這邊。

賈似道一邊和母親解釋著這些地方的功用，一邊還在腦海裏想像著，到時候，這個櫃檯中的翡翠飾品，會是如何琳琅滿目呢？

至於玻璃櫃檯後面，自然是售貨員站著的通道了。靠近門口的地方是收銀台。而在售貨員背後的牆壁上，則設計成眾多小塊區域，用來懸掛各種翡翠掛件，像是翡翠項鏈、翡翠珠鏈、翡翠胸針、耳釘，以及一些出彩的翡翠觀音掛件等。

當然了，「十二生肖」這樣的極品翡翠，哪怕其中有翡翠項鏈，也不會出現在這個地方。

右側的玻璃櫃檯，不同於一般的筆直形狀，稍微顯現出一個「S」形，充滿了現代風格的動感，而在長度上，也沒有一直延伸到店面的最裏端。在最裏面，還有一個小型展覽室一樣的地方，特意安裝上了有防彈玻璃的防盜門，這裏面陳列著的才是價值成百上千萬的珍品。

隨後，賈似道領著母親去了一趟二樓，此外還有一樓的後半間。

就如同「周記」後面的工作室一樣，賈似道特意在一樓後面騰出了這麼一個地方，原本是用來給售貨員住的。不過，小倩有自己住的地方，那個房間就一直空著了。母親見了之後，倒是問了一句：「要是你住的地方不方便我住的話，我倒是可以直接住在這裏的。」

隨後，似乎是按捺不住心中的驚訝一樣，母親小聲地說著：「聽你這麼一說，這裏的東西都是價值幾千幾萬的，要是晚上沒人在這邊看著，心裏不踏實。」一聽母親那語氣，似乎大有不讓她住在這邊，她就睡不著覺一樣。

賈似道和阿三聞言之後相視一笑。也許是看到阿三那有些不懷好意的眼神示意吧，賈似道倒是覺得自己很有先見之明，在剛才介紹的時候，並沒有說出那個小展覽室裏會陳列著的翡翠珍品的價值。

「老媽，以後你的任務呢，就是在這邊幫你兒子收錢！」賈似道說著，手指了指收銀台的位置。對於這一點，母親倒是沒有什麼意見。從聽到賈似道說這些翡翠手鐲什麼的都是價值幾千幾萬的開始，或許母親的心中就存了這樣的心思。即便賈似道這會兒不說，母親也會在事後提醒賈似道在金錢上要注意吧？

母親這一代的人的觀念，跟現在賈似道這個年紀的人，還是有著很大差別的。

這不，這邊剛應承下自己的工作，母親就已經開始為賈似道打算起來：「我看你這裏的裝修都已經完成了，東西卻還沒有擺上來，是不是貨源那一頭還沒有聯繫好啊？還是出了什麼問題？」

一連問了幾個問題之後，看到賈似道都沒有什麼反應，母親不禁拉了賈似道一下，兩個人走到翡翠店鋪的角落裏，母親這才小聲地問道：「兒子，告訴媽媽，是不是提貨的時候資金不夠，那邊的東西才沒有發過來啊？你說你這裏的東西，都太金貴了一點，要不然，家裏還能幫襯一些呢。」

「媽，你就放心地當你的收銀員吧。」賈似道回過神來，很篤定地說道：「翡翠飾品什麼的，這兩天就會逐步到位的。我自己在別的地方弄了個廠房，就是專門用來雕刻這些東西的。您就別擔心了。另外，店鋪開張的時間定在國慶，也就是耽擱這麼三四天時間，你要是今天不來，我也會回家去把你給接過來的。」

「那是！」母親點頭道，「你們年輕人就是不知道節省，我不過來幫你看著點，誰知道你這個從來沒做過生意的孩子，是不是會被人給騙了……照我說，這店鋪都弄好了，能早一天開張就早一天賺錢，這麼空著，實在是有些浪費了。」

說著，母親探頭朝外面看了看，眉頭又再度微微皺了皺，說道：「我怎麼看著，這地方的人實在是有些少呢？都還沒有我們家那邊的珠寶店門口的人多呢。」

「他們經營的是普通珠寶，裏面的東西價格大多都是幾百上下的，我們這裏可都是幾千幾萬的，他們賣十件東西，我們賣一件就賺回來了。」賈似道打了個比方，「要是我們的生意還和他們那邊的一樣好，豈不是要賺翻了？」

「哪有你這樣做生意的，竟然還有嫌自己賺得太多了的。」母親笑著惱了賈似道一句，「不過，我琢磨著也是這麼個理兒。這麼金貴的東西，要是誰都能買的話，我反倒要有些懷疑，覺得這生意不太可信了。」

母親說到這兒，倒是這最後一句話，賈似道深有同感。

這精品翡翠飾品畢竟不同於其他一些用來裝飾的首飾，其價值就和古玩差不多。賈似道也是往這個層次去定位的。自己的「綠肥紅瘦」所針對的，自然不是那種貪便宜只想買一件翡翠飾品來炫耀一下的人群，而是把翡翠飾品當成「黃金白銀首飾」、「鑽石項鏈戒指」這樣的商品來出售的。

「媽，再過一會兒，店鋪招來的售貨員也會過來，到時候你們倆先認識認識吧。以後，只要是專業的保養問題，或者是買家詢問什麼的，都由她來回答，您吶，只管收錢就可以了。」賈似道說道。

剛才打電話給阿三的時候，賈似道就提出了這個問題。阿三也覺得反正小倩現在閑來無事，這會兒過來先熟悉一下環境，也是必要的。不過，這邊看到賈似道和自己的母親說得起勁，阿三這個時候很知趣地告了別，一個人先溜走了。

背對著母親的一瞬間，賈似道對阿三做了一個「ＯＫ」的手勢。那情景，瞧在阿三的眼裏，則是想笑又不敢笑。說起來，在阿三的眼中，賈似道如此對待自己的父母，倒是他沒有想到的。

中午的時候，賈似道帶著老媽在古玩街這邊的餐館裏隨意地吃了一頓午飯，點的都是一些家常菜。

飯後，賈似道索性也不再藏著掖著，先是帶母親到了儲藏室那邊逛了一圈，介紹了許志國等員工給她認識。也可以說，這是母親第一次親密接觸翡翠原石。當即，母親就很好奇地在邊上看著許志國切割開一塊灰不溜秋的翡翠原石，然後從中挖出綠瑩瑩的翡翠料子。

本來，母親還準備看著許志國直接把這塊翡翠料子雕刻出來的。只不過翡翠料子的雕刻可不是一時半會兒就能完成的，即便是剛才的切石，也是賈似道看到母親興致很高，對許志國示意了一下，許志國才特意進行的。要不然，這三四天的時間裏，許志國等人不太可能會繼續切石了。手頭上的翡翠料子都還雕刻不完，哪還有時間去切石呢。

「兒子，買過來這些石頭後切開來，就能賺錢？」母親顯然覺得，剛才的切石給她的印象非常深刻。不過，對於石頭中能切出翡翠來，母親倒也是見怪不怪了。

「每一塊翡翠原石，根據它表面的顏色、紋理，貨主會制定一個合適的價格。如果我們買下來，切出翡翠，並且雕刻成翡翠飾品，獲取的價值大於收購的價值，那自然就是賺錢的了。如果反之，就是虧錢。」賈似道簡單地解釋了一下「賭石」的含義，隨後才說道：「不過，這也不是絕對的。就好比小許這樣的翡翠雕刻師傅，別看這間小小的廠房裏的設備還不見得是最好的，但是，一塊品質不怎麼樣的翡翠料子，經過精心設計之後再雕刻出來，其中的價值差異，有時候可以達到幾倍、幾十倍，甚至是幾百倍。」

「這些東西我還是不太懂。我看，我還是給你看著你店鋪那邊的事情就成了。」母親搖了搖頭，似乎對這些雕刻上的事情不感興趣。不過，在離開之前，母親對許志國等人鼓勵了一番。她說的話語都很實在，讓人挑不出毛病來的同時，又能感覺到她的用心。

而到了賈似道的別墅這邊，母親已經對於賈似道帶來的一個又一個的驚喜產生免疫力了。總而言之，用她自己的話來說：今天一天所看到的驚訝，遠要比她過去這大半輩子都多得多。

當然了，正當賈似道笑臉盈盈地準備說些什麼的時候，母親卻接著說了一句：「希望待會兒來的女孩子，也能夠讓我大大地驚喜一下。」

賈似道的精神頓時就蔫下來了。

好在別墅這邊是有物業人員定時過來保潔的，倒不用母親親自動手進行大清掃，和以往母親來臨海看望自己比起來，也算是不讓母親太過操勞了。

就是有這麼湊巧，周莎和賈似道之前在電話裏約好要來找他談電視台要製作節目的事情。周莎這時一按別墅的門鈴，忽然看到一位中年婦女來開門，微微有幾分錯愕。不過，周莎很快就調整好了自己的心態，打量了別墅裏一眼，沒有見到賈似道，當即就和賈似道母親聊了起來。

等到她們說了一大通話，開始熟悉了之後，母親這才想起來，眼前的女子是來找賈似道的。這時她才喊了一聲，讓賈似道出來。

賈似道來到客廳的時候，看到的景象，差點讓他驚訝得掉了下巴。

賈似道琢磨著，是不是母親的親和力特別強呢？要不然，為什麼不管是阿三，還是眼前的周莎，都可以這麼快地和母親打成一片呢？

轉而看了看周莎，讓賈似道頗為滿意的是，這一次周莎並沒有刻意穿得很性感，相反，還穿得很正式，一身職業裝，藍白相間的色調，只是腿上的肉色絲襪勾勒出完美的腿型，著實是讓人心動不已。

賈似道暗自點了點頭，如果這會兒周莎來個浴袍裝，他就要撞牆去了。

賈似道和周莎相對而坐，母親也不會在這個時候留下來摻合，去了樓上。雖然賈似道非要給母親收拾出一個房間，讓她長久住在這邊，但是母親卻以賈似道長大了、需要自己的生活空間，住在一起不太方便為理由給推脫了，還是堅持要住在翡翠店鋪那邊。這會兒，母親站起來的時候，目光有意無意地在賈似道和周莎身上來回打量了一下。似乎是在說，她剛才的決定是如何正確。

賈似道感到自己此時的臉色有些微紅，甚至還有了幾分心虛的感覺。

「賈先生，伯母看上去非常親切健談，而且，剛才她可滿嘴都是在誇你呢……」周莎率先打破了兩個人之間的沉默。

賈似道擺了擺手，說道：「行了，不用說這些客氣話，直接說說你的那個試拍計畫吧。我想，你該不是一點計畫都沒有吧？」

「我是這麼想的。」一說到工作方面，周莎正了正自己的身姿，正色道：「電視台那邊的負責人只是給出了一個大致方向，就是拍攝一些和古玩相關的，或者就是我們這些主持人自己能想到的古玩行的事情，隨便找一個切入點都成。」

「那個，是由你自己來拍攝？」賈似道打斷了她的話。

「當然不是，電視台那邊專門配有一位攝影師來攝製。」周莎說道，隨即嘴角微微噙著一絲笑意：「不過，考慮到電視台的攝影師並不是很多，所以，在最近一周時間裏，大家可以輪著調用那幾位攝影師，只要時間上錯開就行了。」

賈似道聞言，不置可否地點了點頭。對於這點人際關係上的交際，賈似道琢磨著，對於周莎這樣準備競聘主持人的人而言，實在是算不得什麼。如果周莎現在確定下來是哪一天進行拍攝的話，肯定是能約到攝影師的，賈似道完全不需要在這個方面為她操心。

而且，從周莎剛才的話中，賈似道也可以知道，所謂的「試拍」，估計就是最近一周之內了。果然，賈似道這邊還沒開口詢問呢，周莎就自己說出來了：「我到這邊來的打算是想要問一下賈先生，在最近一周之內，古玩行有什麼大事情，又或者是有趣的事情呢？」

「大事情？」賈似道抿了抿嘴，「要說大事情的話，還真有一件。在古玩街那邊，我的翡翠店鋪就要開業了，你說是不是大事情呢？」

「那自然是大事情了。」周莎很識趣地恭維了一句。而且從表面來看，她的樣子，自然是非常想要拍攝一家古玩街店鋪的開業盛況了。只不過，賈似道注意到，以周莎的手段和心計而言，是決計不會選擇直接拍攝翡翠店鋪開業這種太大眾題材的事件的。

想到這裏，賈似道不禁有些玩味地說道：「那你有沒有興趣，幫我的翡翠店鋪開業宣傳一下呢？」

「賈先生，您的翡翠店鋪開業了，到時候肯定會有電視台的記者去採訪的，哪裏還用得我這樣的實習記者去幫忙啊。」周莎很自然地推辭了一句。「不過，」也許是想到了什麼好主意，周莎的眼睛一亮，有些欣喜地看著賈似道說：「要是賈老闆您可以親自為我試拍的這個短片，說點自己的想法的話，那我就算是沾了您的光了呢。」

「虧你想得出來。」賈似道苦笑道。這後半段的說辭，明顯就是周莎靈機一動，剛剛編排出來的。不過，不得不說，周莎的這個臨時提議，對於她自己來說，是非常有利的。

待到送走周莎的時候，母親老生常談地盤問起賈似道，和剛才的女子是什麼關係。

「周莎是不是很漂亮啊？」賈似道很無語地問了一句。

「漂亮是漂亮了。不過……」母親「嘖」了一下，歎了口氣，似乎是在琢磨著措辭，賈似道也不打攪，一副看好戲的樣子，期待母親接著說下去。

「不過，就是太漂亮了一些，讓人感覺不太踏實。」母親推搡了賈似道一下。

賈似道聞言之後，只能徹底敗退了。

第十章

故事的資本

一件普通的東西，要是皇帝用過了，
那就無形中有了驕傲的資本一樣。
這也是為什麼一些名人收藏過的東西，
和沒有什麼歷史故事的相同東西比起來，
價值要高上不少的原因。
要不然，古玩街的小販們為什麼要拚命地
給自己的東西編故事呢？

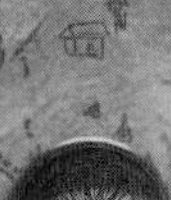

第二天一早，賈似道和往常一樣按時起床。因為昨天母親到來的緣故，賈似道並沒有整天待在儲藏室那邊雕刻翡翠飾品，不管是身體上還是精神上，都不是很勞累。相反，起來的時候，還感到比較有精神。他隨即想到昨天下午和周莎的約定，賈似道匆忙地洗漱完畢之後，就到了古玩街那邊。

打開店鋪的大門，賈似道探頭往裏面一看，母親似乎還沒有起來。

按照正常的習慣來說，古玩街店鋪的開業時間都是比較固定的。不管是不是集市日，總是那個固定的時間。

賈似道正琢磨著是不是去喊母親起來的時候，後間傳來了動靜，他走進去一看，敢情母親已經起床了，正在收拾東西呢。

兩個人簡單地吃過早餐，母親的臉上終於洋溢起了會心的微笑。賈似道順著母親的目光看去，正是大街上如梭的人流，他只能低著頭，想笑又沒敢笑出聲來。

「你說的女店員呢，怎麼還沒來？」母親提醒了一句。

「應該是會稍微晚一些吧。」賈似道說，「女孩子嘛，哪怕就是早起了，還不是要梳洗打扮一番？怪麻煩的。」

「不麻煩的話，怎麼能漂漂亮亮的？」也許是同樣作為女人吧，都是從那個年紀過來的，母親說起這話的時候，彷彿自己也年輕了好幾歲，回到了那個青春無悔的年代。

「不如，就我們母子倆，先在這邊逛逛？」賈似道說道，「而且，老媽你要是喜歡的話，也可以試著出手。這地攤上的東西，價格一般都不會太貴，就跟在小商品市場裏買東西是一樣的，說不定就能讓你發上一筆呢。」

「那是自然的。」母親有些得意地說了一句，「我還想著近水樓台的，先撿個漏呢。」

也許是說得大聲了一些，母親的話音剛落，就惹來了旁邊的人詫異的目光。賈似道只好訕訕地跟在母親身後，走向第一個古玩小攤。

小攤上擺放著的東西，大多數都是瓷器，看上去還算比較精緻。以賈似道的眼光來看，少不得可以忽悠不少新手，在這邊栽一個大大的跟斗。這不，除去賈似道和母親兩個人之外，在這個攤位前，還駐足著兩位顧客。一老一少，應該不是同一夥人。

「老媽，你怎麼就光是站著看啊？」約莫過了幾分鐘，賈似道看到母親只是聽著那老者和小販之間進行著有一搭沒一搭的對話，卻不見母親自己有什麼舉動，也沒有要離開的意思，他不由得好奇地問了一句。

「我先看看這裏面的門道啊。」母親倒是答得輕鬆。

賈似道聞言之後，臉上的表情卻顯得有些怪異，心裏琢磨著，該不是有什麼人事先教過母親，在古玩街這邊的地攤上，要多看、多聽、少出手這樣的名言吧？要不然，母親的表現也實在是太冷靜了一些。

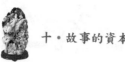

「對了，兒子，你看這件花瓶……」母親忽然拉扯了一下賈似道的手臂，指了指地攤上一件高三十釐米左右的青花瓷瓶，說道：「是不是有點像我們家的那個插雞毛撣子的花瓶啊？」

賈似道頓時無語，他原本還以為母親看中了某件東西，正準備大展身手一番呢，結果倒好，發現了這麼一個問題，他不由得解釋道：「我說老媽，你該不是以為，家裏的那只花瓶是個挺值錢的東西吧？」

「那倒不是，我就是琢磨著，這件東西既然和咱家裏的那件類似，那這個花瓶應該也值不了幾個錢了。」母親輕聲說道。

由此，賈似道忽然發現，自己的母親在古玩收藏上，竟然比自己剛入行的時候還要有悟性得多。至少，母親不會隨意地去湊熱鬧，也不會去憑著自己的一股子興趣就貿然出手。這樣的性格，雖然在遇到一些撿漏機會的時候比較容易錯過，卻也不會過分地依靠自己的興趣愛好來進行收藏，被人利用自己的興趣愛好而被騙的機率，無疑要低很多。

此外，母親還能從自己所知道的事物裏來分析地攤上的東西，這種比較手法，可是古玩收藏裏常用的方法之一。

這些表像，著實給了賈似道一個大大的驚喜。要是周莎在這邊的話，說不定賈似道都要提議，讓自己的母親來作為周莎的短片節目中的主角了呢。

賈似道和母親簡單地說了一些在古玩街這邊需要注意的事項。比如說，在拿起地攤上的東西時，不管是什麼材質的，都需要多留個心眼兒，而在東西交接的過程中，千萬不要把手裏的東西直接遞給人家，要先放置到安穩的地面上等等。

此後，賈似道就不再過度地關注母親的舉動了。

而就在賈似道親自傳授著這些注意事項的時候，那位蹲著察看瓷器的年輕人，抬頭多看了賈似道母子倆幾眼。就連地攤小販，看著賈似道的眼神也是頗多怪異。

說起來，這古玩街這邊，像賈似道現在這樣，兩個人一起來察看東西的，實在是算不得少數。不過，大多數時候，都是老的講解給少的聽。賈似道教自己的母親而惹人注目，也是在預料之中。

而母親絲毫都不介意別人的看法，在第一個古玩地攤前，磨蹭了約莫有半個小時，只伸手去拿了三件瓷器來察看，小聲地問了一下賈似道，要是這東西是真的話，應該值多少價錢，或者這東西是什麼年代的，有什麼用。

賈似道都一一地作了解答，聽得那古玩地攤的小販幾乎臉都要綠了。

不過，母親卻連一件東西都沒有想要收下來的意思。也不知道是因為看不上眼呢，還是她心裏很清楚，這地攤上的東西完全就是用來騙人的。當然，賈似道也沒有閑著，在母親察看著地攤上的瓷器的同時，賈似道也在用眼神打量著。如果真遇到了什麼好的玩意兒，賈似道可不介意自己收一件下來。

漸漸的，古玩街上的行人多了起來，都有些摩肩接踵、擠擠挨挨了。

賈似道和母親一起，挨個兒地逛了十幾個攤位，母親幾乎在每一個攤位前都要駐足好一會兒。如此一來，兩個人的前進速度也就可想而知了，完全可以說得上是龜速。好在，但凡遇到擺放著類似東西的攤位，比如前面看過瓷器一類的地攤了，再次遇到的時候，母親打量的時間無疑就會縮短很多。

接下來的幾天，賈似道應周莎的要求，配合她一起拍了一些電視宣傳短片。這是雙贏的事情，賈似道當然不會拒絕，面對周莎的諸多古玩行新人的問題，賈似道和阿三也很有耐心地一一回答，直到周莎心滿意足地離開。

之後，賈似道和阿三就開始了真正的「走街串巷」，幾乎是挨家挨戶地逛了過去。但凡遇到自己喜歡類型的商鋪，就多停留一會兒，要是沒什麼興趣的，諸如傢俱一類的，就和老闆、夥計閒聊幾句，然後趕緊走人。

用阿三的話來說那就是：先和鄰居們混個臉熟。

等走到「慈雲齋」的時候，接待兩個人的是一位中年男子。阿三對他倒是挺客氣的，還悄聲地和賈似道說了一句，眼前的這位雖然不是「慈雲齋」的老闆，卻和老闆有著莫大的關係。說完了，眼神還下意識地在自己和賈似道的身上來回打量著。

賈似道頓時就有些明白過來，阿三這是以自己兩個人的關係來做對比呢。

正在賈似道感歎著，這麼一家店鋪既然已經開門做生意了，又是在週末時間，怎麼店鋪裏反而是一位客人在坐鎮的時候，「慈雲齋」的老闆就踩著點兒地從後間轉了出來。乍一看到賈似道和阿三的時候，他微微一愣，隨即就很自然地對阿三說道：「兩位請坐，剛才招待不周，還請見諒。」

賈似道和阿三連忙說「不敢」。

「慈雲齋」的老闆，年紀可是比「周記」的周大叔還要年長不少，雖然同樣是古玩街這邊的老闆，賈似道可不敢托大。

「兩位是看好了東西過來的，還是隨意來看看的？」老闆先是對自己的朋友做了一個「稍安毋躁」的手勢，這才對著阿三問起來：「衛老爺子可好？」

「二爺爺前天還念叨過您呢。」阿三笑著說道。

「哦？這可奇怪了，老爺子該不是念著我這邊的幾件東西吧？我猜肯定是這樣的。呵呵……」很顯然，這兒的老闆跟阿三是比較熟絡的。大家相互打趣了幾句，沖淡了剛一見面的陌生感之後，老闆這才詢問起賈似道和阿三真正的來意。

雖然大家都是古玩街上的，平常這些老闆都有自己的事情忙活著，相互間也不是經常能見面的。

「我們還能是做什麼來的啊，自然是來看看瓷器的唄。難道還能上你這裏來吃飯不成？」阿三大大咧咧地說，「正巧，王叔也在這兒，龔老闆，你是不是應該拿出一些好東西來讓我們過過眼啊？我這位兄弟小賈，雖然做的是翡翠生意，可是對瓷器一行，也是很有興趣的哦……」

這話說得「慈雲齋」的龔老闆眼睛就是一亮。翡翠生意的利潤，作為行內人，他自然是瞭解的。要是賈似道真有興趣玩點瓷器什麼的，那對於他的「慈雲齋」來說，無疑就是一個潛在的大客戶，比起阿三這樣依靠著衛二爺的人際關係，時而尋摸一點小玩意兒的人而言，賈似道的重要性不言而喻。

這年頭，有錢賺的客戶，那才叫大客戶呢。像阿三這樣的，即便是看中了好東西，如果價格太高了的話，阿三也沒有能力直接收下。龔老闆和阿三比較熟絡，無非是礙於衛二爺的面子。

「翡翠生意，小賈。」龔老闆沉吟了一下，感歎著說：「莫非這位就是邊上『綠肥紅瘦』的老闆？真是後生可畏啊。」

「誰說不是呢？」王叔接了一句，「看到現在的阿三、小賈兩個人，老龔，你是不是會想起以前我們年輕時候走南闖北，奔波著收古玩的事情呢？」

「呵呵，那是自然的，想當年，你我可是吃了不少苦頭啊，也惹出不少笑話。」說到當年的往事，龔老闆和王叔默契地笑了起來。隨後，龔老闆發現似乎有些冷落了賈似道和阿三，說道：「來，兩位的身分也不算是外人了，而且也都是對瓷器有些興趣的，正所謂來得早不如來得巧，不妨就跟我們倆一起到我的後間看看？」

「我們正求之不得呢。」阿三笑著說道。他站起身，拉了一把正在發愣的賈似道，四個人就一同來到「慈雲齋」後間的一個會客室。原本賈似道還琢磨著，前面大廳裏的人都走光了，這麼一直沒人看著，也不太合適啊。

結果，龔老闆倒是省心，直接就把大門給關上了。賈似道這才有些苦笑地想起來，這裏可是古玩街呢，對於這邊的店鋪而言，多開張一天少開張一天，並不是什麼大不了的事情。要是能做成一單大生意，就足夠彌補所有浪費的時間了。

再聯想到自己的母親，僅僅因為開業前店鋪空置的幾天時間，就生出一些埋怨的心思，賈似道不禁有些感歎，玩古玩收藏，越是接觸得深了，才越會明白過來，這一行也是需要底蘊的啊。

會客室不大，卻佈置得很精緻，一看就知道是出於行家的手筆，乾淨整潔不說，每一件東西都放置得恰到好處，尤為重要的是，還散發出一絲淡淡的古典韻味，頗有些古色古香的感覺。

賈似道注意到，在會客室的一邊，有一架陳列櫥，上面最為引人注目的，竟然沒有一件出彩的瓷器作品，大部分都是石雕。其中最為引人注目的，是一尊壽山石雕，刻的是一隻展翅欲飛的鳳凰，幾片鮮紅的沁色被很巧妙地雕刻成了鳳冠和翎羽。

最近一段時間裏，賈似道正好在學習雕刻，看到這麼一件作品，竟然在一瞬間都快要忘卻了這會兒所在的地方是以瓷器出名的「慈雲齋」呢。

「哦，小賈對於雕刻上也頗有些研究？」龔老闆注意到了賈似道的目光，便問了一句，隨後又笑著說道：「瞧我說的，小賈可是玩翡翠的行家，對於石雕自然是最有發言權的了。我這件東西是早些年從別人那邊換過來的。當初我只是看著感覺這鳳凰氣勢挺不錯，就答應了換過來。我至今也還沒有明白這東西是不是拿得出手呢。小賈，既然來了，不妨給我說說？」

「這件作品，豈止是氣勢不錯啊。」賈似道感歎了一句，心裏倒也知道這是龔老闆賣給自己的一個人情。大家都是剛認識，互相之間並不是很瞭解，龔老闆忽然順著自己的興趣愛好，讓自己在眾人面前展現一下自己所長，不得不說這是龔老闆比較看重自己的表現。

賈似道自然不會客氣，考慮了一下措辭，說道：「整件石雕的用料是壽山石，其珍貴的程度我就不多說了。在雕刻的刀工上，足以讓我這樣的新手學習啊。至於整體的佈局，尤其是沁色的運用，栩栩如生，是壽山石雕中不可多得的精品。」

「呵呵，小賈，這你就不知道了吧，龔老闆也是喜歡奇石收藏的人呢。」阿三在邊上笑著說，「說不定，你們兩位除去瓷器之外，還會找到其他共同語言。」

「兩位小友客氣了。」龔老闆謙虛了一句。

「龔老闆不必這麼客套。」阿三卻有些不喜，「『慈雲齋』怎麼說也是幾十年的老店了，不說遠到省城那邊吧，在臨海這一帶，至少是瓷器收藏的一個品牌店鋪了。再說了，龔老闆您自己也是瓷器收藏一行的行家呀。如果說你們這裏件件都是精品還有些誇張的話，那麼，絕大多數都是珍品，就是一句大實話了。」

說到這裏，阿三忽然轉頭問了賈似道一句：「小賈，你知道為什麼在這個會客室裏，沒有擺什麼瓷器嗎？」

賈似道環視了一圈，還真是如此，他微微地搖了搖頭。

「據說，龔老闆是怕顧客前來洽談生意的時候，所有的注意力都被擺放在會客室裏的其他瓷器所吸引，這才決定在會客室裏不陳列展出他所收藏的瓷器的。」阿三笑著說，「這下，你總應該知道龔老闆手頭的好東西，多到什麼程度了吧？」

賈似道聞言，詫異地看了龔老闆一眼。還真是沒看出來，敢情會客室裏缺少瓷器，是因為這麼一個原因啊。只能說，龔老闆不是一個自信的人，而是一個太自信的人了。

四個人分別就座，龔老闆親手給大家泡了一杯茶。是碧螺春，還是新茶，那嫋嫋升騰起的霧氣，散發出淡淡的、優雅的清香，使得整個會客室裏很快就瀰漫著一股芬芳的氣息。賈似道不由自主地深深吸了一口氣，正所謂芳香四溢，神清氣爽，頗有一些靜心的效果。

而龔老闆對於要拿出來的瓷器，也是一點兒都不著急。就好比茶水中的茶葉一樣，緩緩的，極盡所能地一點一點舒展著……

賈似道也只能這麼靜靜等著，四個人中誰也沒有先開口詢問起瓷器的事情，阿三還有意無意地說一些題外話。賈似道只是靜靜地聽著，偶爾插上幾句話。這會兒，賈似道琢磨著，自己也應該學一些基本的涵養功夫了。要不然，以後遇到一些老一輩的客戶，和他們洽談的時候，可是會吃不少虧的。

很多時候，不管是為人處世也好，還是做生意也罷，講究的就是一個火候。而靜待的工夫，卻是少不了的。

小小地抿了一口茶水，賈似道感覺到這茶葉味道還真不賴。即便賈似道不是很懂，也能感受出其中的一些美妙之處，難怪那麼多人喜歡品茶，並且還衍生出博大精深的茶道了。

「咦？這是？」賈似道忽然看見，在茶几底下，有一個類似於宣德爐模樣的器具，不由得好奇，看了一眼正在和阿三說起衛二爺的龔老闆。而隨著賈似道「咦」的一聲，眾人的注意力也就都集中到了賈似道這邊。

順著賈似道的視線看去，龔老闆笑著說道：「這是一只宣德爐，還不知道具體年代呢。小賈要是有興趣，不妨幫忙看看。」

「宣德爐」三字，只要是稍微懂點行的人，肯定都是如雷貫耳了。不得不說，它的名氣實在是足夠響亮，光是聽龔老闆這麼一說，王叔和阿三兩個人，可都是準備仔細地瞧瞧了。

賈似道就近地給拿了起來，入手很沉，有點壓手。他微微地把宣德爐傾斜了一下，看到在底款處，有三行六字的楷書「大明宣德年製」。不過呢，在賈似道的印象中，幾乎大多數的宣德爐，不管是真的還是做舊的，大多會給弄上這麼一個款識。要不然，還怎麼叫宣德爐啊？

賈似道把宣德爐小心地把玩了一陣子，心中多少有了幾分緊張的感覺。這對於賈似道來說，可是很少出現的一種心情。倒不是說眼前的這麼一只宣德爐讓賈似道有些情不自禁，生怕給磕著碰著了，又或者是存了撿漏的心思。宣德爐的一些資料，賈似道也是有所瞭解的。這東西就無所謂真假，因為真品實在是太少了，而且後世也有大量的仿製。不說別的吧，就是博物館裏陳列著的，也有許多標明是宣德款銅香爐的。

可是實際情況呢？這些陳列著的宣德款銅香爐，究竟是不是明朝宣德年間的，是不是屬於真品，誰也不知道。

賈似道的緊張，僅僅是被會客室裏的氛圍給影響的。要知道，這裏可是「慈雲齋」，坐在賈似道跟前的，是「慈雲齋」的龔老闆，人家嘴裏的「宣德爐」，其分量遠要比其他一些人說出來重得多了。

這就好比是一件普通的東西，要是皇帝用過了，那就無形中有了驕傲的資本一樣。這也是為什麼一些名人收藏過的東西，和沒有什麼歷史故事的相同東西比起來，價值要高上不少的原因。

要不然，古玩街的小販們為什麼要拚命地給自己的東西編故事呢？吸引買家的注意力是一個方面，更多的，是想要讓顧客們明白，想要買下來的東西是有歷史傳承的，這玩意兒在收藏一行是傳承有序的。

賈似道簡單地欣賞過之後，就把宣德爐給擱到了茶几上。隨後，先是王叔拿過去把玩了一下，嘴裏漫無邊際地問著：「老龔啊，你這東西都是什麼時候收上來的啊？這玩意兒看著很不錯啊。」他也不指望龔老闆能老老實實地回答。

再下來就是阿三接過手，一邊隨意地翻看著，一邊嘀咕著：「龔老闆，這應該是屬於明仿的玩意兒吧。這整體器型嘛，比較飽滿，沖天耳做得也很扎實，觸摸的手感還有那麼點兒意思，說明這只爐子的銅質非常精煉，真是不錯啊！多少錢？」

賈似道不禁「噗哧」一聲笑出聲來。

按常理來說，如果一個人幫你鑒定一件東西，嘴裏說的大多數都是好話的話，那麼就是說，這個人明顯不太看好你這件東西，或者即便是比較看好，也沒有想要收下來的意思。要不然，他自己都開口說這東西比較不錯，不利於他接下來的砍價啊。

阿三前面的這一通話下來，賈似道正琢磨著他不太可能詢問價格的時候，阿三就問了，很突然。不要說賈似道了，就連老到的龔老闆，也被打了個措手不及吧？

賈似道微微抬眼看了一下龔老闆的反應，他果然是有些詫異。不過，阿三都開口問了，龔老闆也不好不回答，說道：「這件東西我也是剛收上來的，剛才也說了，具體年代我自己也不是很清楚，還不好確定啊。」

「龔老闆，你這話可就說錯了。」阿三笑著說，「如果每一件東西你自己都能確定了的話，那我們這樣的小玩家，還怎麼敢在你這裏收東西呢？」

如果龔老闆自己對於每一件收藏品都知道具體的市場價格，也就是說，所有從他手中流出來的東西，都是沒有什麼大賺頭的，那誰還會樂意從「慈雲齋」收購瓷器啊。

任何一個人收藏一件瓷器，哪怕就是自己喜歡得要死，也是希望自己收購的時候是能低於市場價格的，是存在著撿漏的機會的。畢竟，那種明知道自己買下來會吃虧，依舊要收購的人，屬於絕對少數。

在突然詢問手上這件宣德爐的價格之後，阿三也沒有刻意去察看龔老闆的神色變化，似乎他剛才的詢問就是一個無意的舉動罷了。只是，在場的不管是龔老闆自己也好，王叔、賈似道這樣的外人也罷，心裏都知道，阿三剛才這麼一個舉措，是非常成功的。

至少，從他不按照常理出牌的手段來看，稍微地佔據了一點上風。

「要說宣德爐這玩意兒吧，其實也就是在明朝宣德年間所製造的這麼一個爐子而已。」阿三有些故意地把話題給扯了開來，「在我看來，還是明朝厲害啊。不僅僅弄了很多珍貴的紫檀回來，幾乎把世界上的紫檀都給搬運到國內來了，還搞出了鬥彩這樣的瓷器中的精品，更有甚者就是景泰藍了，當然，這些都和宣德爐沒有什麼關係。」

也許是阿三扯得有些遠了吧，龔老闆對阿三說道：「阿三，如果你真的喜歡這只爐子的話，不妨給這個數如何？」暗地裏，龔老闆給阿三比劃了一下手指，阿三看到之後，神色不動。

「我實話跟你說了吧，這件東西，還真的是沒有什麼賺頭。」龔老闆笑著說，「要不然，我也不會放在茶几下面了。如果真有利潤的話，我還巴不得早一點就出手了呢。」

「龔老闆，這話說得倒是實在。」阿三說道。

「那是自然的。再怎麼的，我跟你阿三也不是第一次做生意了，難道還能昧著良心賺你的錢不成？」龔老闆說著，輕聲詢問了一句：「就剛才這個價錢給你了，怎麼樣？對了，這件東西，就這麼勻給阿三了，你們二位沒有意見吧？」

最後這句話，是對著王叔和賈似道說的。

賈似道心裏苦笑，難道在這個時候，他還能說自己有意見？說到底，賈似道對於宣德爐要說沒一點興趣，那是假的，但是興趣卻絕對不是很大。又因為是阿三想收這件東西，哪怕就是這件宣德爐是他從茶几底下拿起來的，賈似道也不打算說什麼了，直接默認了龔老闆的說法。

或許，正是因為看出賈似道對這件爐子不怎麼在意，而阿三是跟賈似道一道來的，龔老闆才有如此魄力，直接選擇跟最後一個看這件爐子的阿三來進行交易吧？

「八折！」阿三的嘴裏蹦出一個很乾脆的詞來。

「再加一點吧。」龔老闆思索了一下，「八折的話，就低於我的成本價了。關係歸關係，人情歸人情，你總不能讓我虧本吧？」

「那成，既然龔老闆都這麼說了，那我就再添半成吧。」阿三略一沉吟，就點了點頭說：「這個價格，可不能再加了。」

「成交。」龔老闆也是很爽快的一個人，當即就決定下來。隨後，他就進入做買賣的狀態了，這會兒轉過身來對著賈似道和王叔笑著說道：「讓兩位見笑了。呵呵，我馬上就去拿幾件你們或許會看得上的東西出來。」

「老龔，我這邊不著急，你還是先招待好小賈吧。」王叔在邊上很悠閒自得地品著茶，「當然了，在此之前，老龔你是不是可以先給我續上一杯茶呢？」

「呵呵，老哥我給疏忽了。馬上，馬上……」龔老闆趕緊給王叔添了水，轉而詢問起賈似道來：「小賈，瓷器也是有很多類型的，你比較中意哪些瓷器呢？」

別看這一詢問非常客套，卻也是非常有講究的。

這至少說明，「慈雲齋」裏肯定有不少好瓷器，類型也比較繁多，可以有選擇的餘地。此外，就頗有點賈似道在網路上開翡翠店鋪的那種感覺了。凡事都先詢問一下客戶的需求，讓人有種賓至如歸的感覺，很有在這邊收購一件精品瓷器的衝動。不過，正因為如此，賈似道倒是不知道怎麼選擇了。

而邊上的阿三，看到賈似道微微思索的神情，不禁有些好笑地插了一句：「小賈，你可別被龔老闆給騙了。瓷器的類型雖然比較多，但是無非也就是青瓷、白瓷之類的。或者，你說個具體年代，會更加確定一些。」

「阿三，你就使勁給我拆台吧。」龔老闆佯裝著有些惱怒的模樣，在賈似道看來，還是有幾分可愛的。就像剛才王叔推託著把這會兒的時間讓給賈似道一樣，順帶著就讓龔老闆給他繼續添茶水。這種細節上的意趣，遠不是生活中的那些喧囂浮躁所能比的。

「那就隨便弄一件您老一直留在手裏的小玩意兒吧。」賈似道考慮著說，「一來，我對於瓷器一行僅僅是初涉，太金貴的東西我也不太會欣賞，落到我手裏反而給埋沒了。二來，我那邊的翡翠店鋪也快要開張了，手頭要用到錢的地方非常多，暫時也拿不出太多現金了。龔老闆，總不能讓我因為自己的喜好，到時候把翡翠店鋪押給你吧？」

「呵呵，小賈也是個風趣的人呢。」龔老闆笑呵呵地說了一句。轉而就示意賈似道幾人稍等片刻，他自己上到了二樓。

「小賈，剛才的幾句話，說得很不錯嘛。」阿三飛快地坐到賈似道的身邊來，順帶著還把剛收下的宣德爐給提拎了過來。

「阿三，你小子今天可算是撿著了啊。」王叔在邊上看著阿三的模樣，有些樂呵呵地說道：「能從老龔那傢伙的手裏，挖出一個『漏』來，不容易，不容易啊。」

「王叔，您要是喜歡的話，我轉手就把這件東西勻給您了，成不？」阿三可不吃這一套，很爽快地就塞回去一句。

王叔臉上的笑容頓時就變得有些訕訕起來，隨後還微微地搖了一下頭：「好小子，真是不錯啊，衛老爺子後繼有人嘍。」

這麼一來，即便阿三的臉皮比較厚，也感到微微有點紅了。

「還真沒看出來，你小子也會臉紅啊。」賈似道不禁打趣了一句，轉而回到剛才的話題，問道：「我那幾句話說得怎麼了？」

阿三捶了賈似道一下，遞過去一個明白的眼神，說道：「你的家底，我還不清楚？」說著，也不管邊上還有王叔在，湊到賈似道的耳邊，小聲說道：「不過，說真的啊，對於龔老闆這樣的，就要多壓榨他一點，給他來個出其不意，或者先把自己扮得可憐一些，博取幾分同情。雖然沒有多大用處吧，卻也聊勝於無。」

「敢情你就是採用的第一計啊。」賈似道咧了咧嘴。

「我這不是沒辦法嘛。」阿三聳了聳肩膀，「對了，剛才談下來的價格，我這邊的資金暫時不夠周轉，兄弟你是不是支援一下？」

「不是吧？這玩意兒有多金貴？」賈似道有些吃驚。

「不是這東西金貴，而是最近一段時間，我還有點別的事情。」阿三沒有具體說出來，賈似道也不好多問，直接點了點頭。朋友之間，這點力所能及的幫助還是能提供的。只是，能讓阿三都感到比較重要的事情，又和錢有關，會是什麼事情呢？難道是阿三看中了某件價值很高的玩意兒？

「說起來，這件宣德爐應該能讓你小賺上一筆吧？」賈似道問道。

「誰知道呢。」阿三說著，似乎是有點不在意：「宣德爐這東西，壓根兒就沒個定論。小賈，你也知道的，對於這玩意兒，現在行裏的規矩就是只論優劣，不論真偽。弄得好的話，這麼一個宣德爐，應該能出手個三五萬的價錢吧。」

說到這裏，阿三還有些感歎道：「什麼時候，能讓我找到一隻真正的宣德爐呢？還是當皇帝爽啊。千呼萬應、前呼後擁、四方來朝且不說，宣德皇帝朱瞻基不過是看著自己家的擺設太寒磣了一點，就決定來一次精裝修，搞了一個大噱頭，換換風格什麼的。結果，正好遇到了暹羅的皇上給他進貢了不少風磨銅。」

阿三歎了口氣，問了賈似道一句：「風磨銅你知道吧？不知道？我也不知道呢。也不知道那宣德皇帝聽誰說的，精銅經過四次冶煉，就能出現一種奇異的寶光。這不，人家當皇帝的一心血來潮，就讓手下的人以風磨銅為主材料，又攙了金子、銀子，還有不少貴重金屬，全部給合在一起冶煉了，簡直就是一個大雜燴啊。萬幸的是，還真被冶煉出了好東西來。只不過，每斤只剩下原本四分之一的量了。宣德一琢磨，這東西也沒什麼太大用場，就仿照前人的一些傳世作品來做吧，什麼商代的鼎啊，宋代的五大名窯啊，一共做了三千多件，也有說是五千多件的，這裏面就有香爐，也就是真正的宣德爐了。可是，誰知道這些宣德爐，究竟在什麼地方藏著呢。」

「說不定，你手裏的這個就是呢。」賈似道揶揄著說道。

「我倒是想呢。」阿三做了個不服氣的表情，「一共就那麼幾千件玩意兒，而且還都是用秘方做的，現在連秘方已經失傳了，要是這麼容易就能找到一個的話，那我還不發了啊。這機率恐怕還真的要比撿漏一只元青花來得更加小呢。」

「也不能這麼說吧。」賈似道琢磨著說，「總歸還是有一點機會的。嘿嘿，要是你不看好這件東西的話，那你收它來做什麼？」

「賺錢唄。」阿三沒好氣地白了賈似道一眼，繼續感慨著說道：「這種品相的宣德爐，不管是不是明仿的，應該都能值不少錢。」

對於這一點，賈似道倒是明白。正如阿三所說，這年頭的市場上，針對宣德爐，大多都是論品相，不論真偽的。因為後世傳承下來的宣德爐其實也不是很多，在那些少之又少的基礎上，再後來的人就琢磨啊，到底應該要怎麼做呢？

於是乎就有人開始大批量地仿製了。現在市場上流通著的，基本都是批量的仿製品。但是這宣德爐，跟其他一些收藏品還不太一樣。不能說仿的就一定不好，就好比清宮中的一些仿製前朝的官窯瓷器一樣，價格同樣很高昂。

而且，尤為難得的是，正因為這些仿製品的氾濫，才讓很多老百姓都能見識到大名鼎鼎的宣德爐的風采。不得不說，在國內的大環境裏，仿製品是大行其道的。

賈似道覺得和阿三這麼沒完沒了地說宣德爐，似乎有些不著邊際，他便拉著王叔一起，開始討論瓷器收藏方面的心得。要知道，這才是賈似道到「慈雲齋」這邊來的主要目的。

至於那只宣德爐，就讓阿三一個人偷著樂吧。據阿三自己所說，他有七成左右的把握，那玩意兒是屬於明仿的。於是乎，賈似道當即就要求分紅了，乾脆還提出，要是阿三不給售後分紅的話，賈似道在離開的時候，堅決不付款。

阿三只能「嘿嘿」賊笑兩聲，不再言語了。

請續看《古玩高手》之九　鬥寶大賽

古玩人生 之8 閃亮登場

作者：鬼徒
發行人：陳曉林
出版所：風雲時代出版股份有限公司
地址：105台北市民生東路五段178號7樓之3
風雲書網：http://www.eastbooks.com.tw
官方部落格：http://eastbooks.pixnet.net/blog
Facebook：http://www.facebook.com/h7560949
信箱：h7560949@ms15.hinet.net
郵撥帳號：12043291
服務專線：(02)27560949
傳真專線：(02)27653799
執行主編：劉宇青
美術編輯：許惠芳

法律顧問：永然法律事務所 李永然律師
北辰著作權事務所 蕭雄淋律師

版權授權：蔡雷平
初版日期：2016年12月
初版二刷：2016年12月20日
ISBN：978-986-352-372-7

總 經 銷：成信文化事業股份有限公司
地 址：新北市新店區中正路四維巷二弄2號4樓
電 話：(02)2219-2080

行政院新聞局局版台業字第3595號 營利事業統一編號22759935

定價：280元 特價：199元

國家圖書館出版品預行編目資料

古玩人生 ／ 鬼徒 著. -- 初版-- 臺北市：風雲時代，
2016.08 -- 冊；公分

ISBN 978-986-352-372-7（第8冊；平裝）

857.7 105012837